文庫

夜明けのブランデー

池波正太郎

文藝春秋

夜明けのブランデー／目次

挿画・池波正太郎

夜明けのブランデー

夏去りぬ

連日の猛暑がつづく夏だったが、この夏は連載の仕事をすべて終えたので、昼寝をしたり映画を観《み》たり、絵を描いたりして元気にすごした。

或日、映画を観た帰りに、銀座でコーヒーをのんでいると、外の日の光りが透《す》き徹《とお》っていて、空が高くなったような気がした。毎年、この一瞬に秋の足音を聞くおもいがするわけだが、それは、ほんの微《かす》かな前ぶれにすぎない。翌日は、また残暑のきびしさがつづく。

今年の夏こそは、早寝、早起きの習慣をつけてしまおうと心にきめていたのだが、それもならなかった。何十年もつづいた習慣を変えるのは実にむずかしいことだ。

夕餉《ゆうげ》の後に仮眠して、九時ごろ起きる。このときに二枚でも三枚でも原稿を書くなり、絵の仕事をするなりしておくのが、もっともよい。テレビは、よほどのことがないかぎり見ない。そして十一時に入浴してから、以前は夜食を食べたものだが、この習慣だけは今年の春のうちに絶つことができた。ジュースの一杯も飲めば、それでよい。

午前一時から明け方の四時までが私の仕事の時間だ。朝のうちに、今日はこれをやろ

うときめたことは必ずやってしまう。以前は、その後でウイスキーをのんだものだが、この夏からは少量のブランデーにした。そのほうが体調がよい。何といっても、私の一日は、この三時間にかかっている。この三時間にすることを朝から考えつづけている。ブランデーをなめているうちに、頭へのぼった血も下ってくるので、それからベッドへ入る。

或夜。となりの家の庭で虫が鳴いているのに気づき、戸を開けると冷たい風が吹き込んできた。

すでに、冷房はとめてある。

ふと気がつくと、飼猫のゴン太が、いつの間にか書斎へ入って来ていた。夏の間は、九匹もいる猫の大半が外で眠る。家へ帰って来るのは食事のときだけだろう。

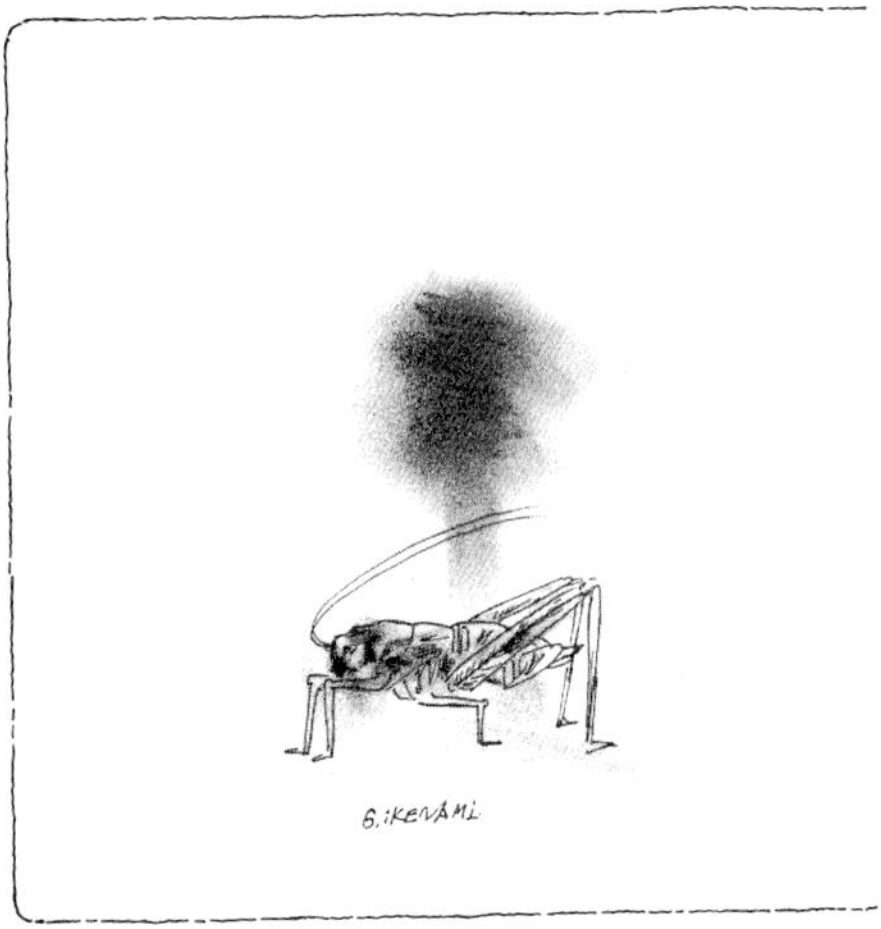

ゴン太は、私のベッドへあがって来て横になった。

それから二、三日するうちに、飼猫のすべてが家へもどって眠るようになる。

彼らにとって、もっとも快適な夏は去ったのだ。

閉めた戸を、風が叩《たた》く。

猫は、毛布へもぐり込むように顔を埋め、寝息をたてはじめた。

眠る前に洗面所へ行こうとして扉を開けると、足許に黒いものが蹲《うずくま》っている。

夏の間は、少しも見かけなかった女の猫だった。

「お前、何処で寝てたんだ、ええ？」

声をかけると、彼女は頭を摺《す》りつけてきた。この猫は私にあまり懐《なつ》かないのだが、さすがに、なつかしかったのだろう。

翌日。久しぶりに若い友人がやって来た。

肥《ふと》っていて暑がりの彼もスーツの上衣を着て、ネクタイをしめ、さっぱりとした顔つきになっている。

「ねえ、君。こんな句を知っているかい」

「どんな……？」

「名月や、猫は寝場所を変えにけり」

「ふうむ……芭蕉《ばしょう》ですか？」

「ちがう」

「じゃ、だれです？」

「池波正太郎という人の句だ」

「なあんだ。道理で……」

ブニュエル監督の遺作

先ごろの新聞は、テヘラン駅頭で爆弾テロがあり、十八人が死亡し、三百人が負傷したことをつたえた。見出しには〈反体制派の犯行か＝密集商店街に被害〉とある。これからも、恐るべきテロが増えるばかりだろう。

この秋に日本で上映される、ルイス・ブニュエル監督の遺作〈欲望のあいまいな対象〉は、ピエール・ルイスの小説を映画化したものだが、全篇、得体の知れぬテロが頻《ひん》発《ぱつ》し、それが日常化されつつあることがわかる。

時は現代。主人公のマチュー・ファーベルは、スペインのブルジョワ紳士だ。

初老のマチューは、新しく雇い入れた若い女中のコンチータを一目見て、のぼせあがってしまう。コンチータという女は、あるときは冷酷で、また、あるときは限りなくやさしい。あるときは清純で、また、あるときは肉感的で、なびくと見せて、容易になびかず、マチューを手古摺《てこず》らせる……ともかくも、このように表裏《ひょうり》がむすびつかない女の両面をキャロル・ブーケとアンヘラ・モリーナの両女優が演じる。

一人二役ではなく、二人一役のキャスティングだ。

この、いかにもブニュエルらしいこころみが見事に成功し、女という生きものを躍動せしめたのは、さすがにシュールレアリスムの作家として鍛《きた》えあげられたブニュエルならではといいたい。一つのシーンでコンチータを二人の女優が演じて、少しも違和感がない。

ブニュエルのシュールレアリスムは、積み重ねられた豊富な体験と多彩な生活感覚によって裏打ちされているからだ。

そこが、ゴダールなんかとちがうところだろう。

スペインの地方名士の子に生まれ、ダーウィンの「種の起源」を読んでびっくりし、「信仰の名残りは、あとかたもなくなった」

と、ブニュエルは回想しながらも、人間

の欲望（ことに性欲）を抑圧するカトリック教をスペイン人としての血の中から追放しきれなかった彼の映画は、この遺作によって結実した。とても七十をこえた老監督の作品とはおもえない。

　そして、ブニュエルは六年後の去年の夏、メキシコで八十三歳の生涯を終えた。

　ジンをのみながら、薄暗い酒場の一隅で、とどまることを知らぬ〔夢想〕にふけることが何より好きだったルイス・ブニュエルにとって、シュールレアリスムは、うってつけの友だちになった。

　マチューを絶妙に演じるのはフェルナンド・レイで、老いたブニュエルの眼《まな》ざしは、このブルジョワ紳士をやさしく見まもっているかのように感じられる。

　はじめブニュエルは、マリア・シュナイ

ダーにコンチータを演じさせたが、どうしても女の両面が引き出せず、撮影を中止し、またしてもジンの盃をかたむけているうち、二人一役のアイデアがひらめいたという。

映画は終りに近づき、マチューが、ようやくコンチータをわがものにしたかとおもわれる一瞬後、マチューとは全く無関係なテロの爆弾に女ともども吹き飛んでしまう。

老境に入ったブニュエルは、政治も科学のちからも信用していなかった。

科学の進歩とやらによって傲《おご》り高ぶった人間たちは、破滅の一途をたどりつつあると、ブニュエルはいっている。

某月某日

外神田の料理屋〔花ぶさ〕のおかみさんが訪ねて来て、

「有吉さんは、ほんとうに、悪い星が重なりましたねえ」

と、いう。

おかみさんは長らく気学の研究をしていて、私が気学を勉強しはじめたのも、この人の手引きによるものだった。

この八月の末に、急死をした有吉佐和子さんは、生まれた年の星（本命星）が七赤《しちせき》で、生まれた月の星が六白《ろっぱく》だった。

今年は七赤の年で、七赤の星の上には九紫《きゅうし》の暗剣殺《あんけんさつ》という怖《こわ》い星が乗っている。急死した日も七赤だ。月は二黒《じこく》で、これも、今年の有吉さんにとってはあまりよくなかった。

つまり、年、月、日の三つとも、有吉さんによくなかったことになる。有吉さんも、たしか気学をやっていたと聞いているが、自分のことになると、なかなかにむずかしい。

有吉さんは、私の鬼平犯科帳や藤枝梅安、剣客商売を愛読してくれていたそうだが、語り合ったことは一度もない。パーティなどで顔を合わせたときに目礼《もくれい》をかわすにすぎ

なかった。

最後に目礼をかわし合ったのは、三年ほど前の、ホテルオークラのロビーだった。

有吉さんは、そのころ、水泳に凝《こ》っていて、オークラのプールで泳いできた帰りだったようだ。

目礼をかわしたとき、彼女が、まるで少年のように、ピョコンと頭を下げてから颯《さっ》爽《そう》と去って行った姿が、いまも目に残っている。

有吉佐和子さんの七赤という星は女の星で、これはよいのだが、六白という生まれ月の星は、男の中の男の星だ。

この六白の星あるがゆえに、彼女の文芸の世界における成功がもたらされたのだろうし、後年は七赤と六白の星が鬩《せめ》ぎ合って、心身のバランスが崩れたのだろう。

午後から銀座へ。ワーナーの試写室で、一本観てから、宣伝部の早川君とコーヒーをのむ。

それから〔M〕へ行き、野菜のスープに、車海老と帆立貝をバターでソテーしたものへ、ムニエル・ソースをかけたもので夕飯をすます。

すぐに帰ろうかとおもったが、長らく銀座のS堂に勤めていた斉藤戦司君が、このほど独立し、原宿へ店を出したのに、まだ行っていないことを思い出し、タクシーで原宿駅前まで行く。

このあたりの景観は、まったく変ってしまって、どこに何があるのだか、さっぱりわからないが、さいわいに去年、友人とこのあたりを歩いていたので、迷うことなく、駅の近くの代々木ゼミナールの裏の、斉藤君の店を見つけ出した。

店の名は「カフェ・ノアール」という。なかなか、しゃれた店で、斉藤君は、おさだまりのギャルソン姿に、黒くて長い前かけをしめたフランス風のいでたちになっていた。

彼は得意の腕をふるって、とてもうまいコーヒーをのませてくれた。

この店は、口コミで、少しずつ客が増えるだろう。大人《おとな》の店だ。彼の九星の星は四緑《しろく》であって、今年から盛運期に入った。

おそらく、再来年《さ》には、この店も立派に落ちつくだろう。

「どうでしょうか、味は？」

「いいよ。とてもいい」

ハムと野菜のサンドイッチをつくってもらい、タクシーを拾って帰宅する。

今日は、よい氷が手に入ったので、久しぶりにウイスキーのオンザロックをやる。その後で、飛び入りの小さな原稿を三つほど書く。

オランダの裃《かみしも》

私の書くものを愛読してくれている、パリ在住の小平允子《こだいらまさこ》さんから妙なものが届いた。

厚くて細長い台紙に、きれいな模様の布地が貼《は》られ、中程に丸い穴があいている。

「これは何でしょうか。ナゾナゾでございます。どうか、お当て下さいませ」

と、小平さんの手紙に書いてある。

「さて、何だろう？」

家人と共に、頸《くび》をひねったが、どうしてもわからなかった。

まるで、見当がつかない。

しばらくして、日本鉄鋼輸出組合の常務理事をしておられる夫君の小平勉《つとむ》氏が公用で帰国されたので、山の上ホテルの天ぷらコーナーで夕飯を共にした。

「例のナゾナゾは、おわかりになりましたか？」

と、小平氏。

「いや、どうにもなりません」

すると小平氏は、封筒へ入った絵葉書と写真を取り出し、

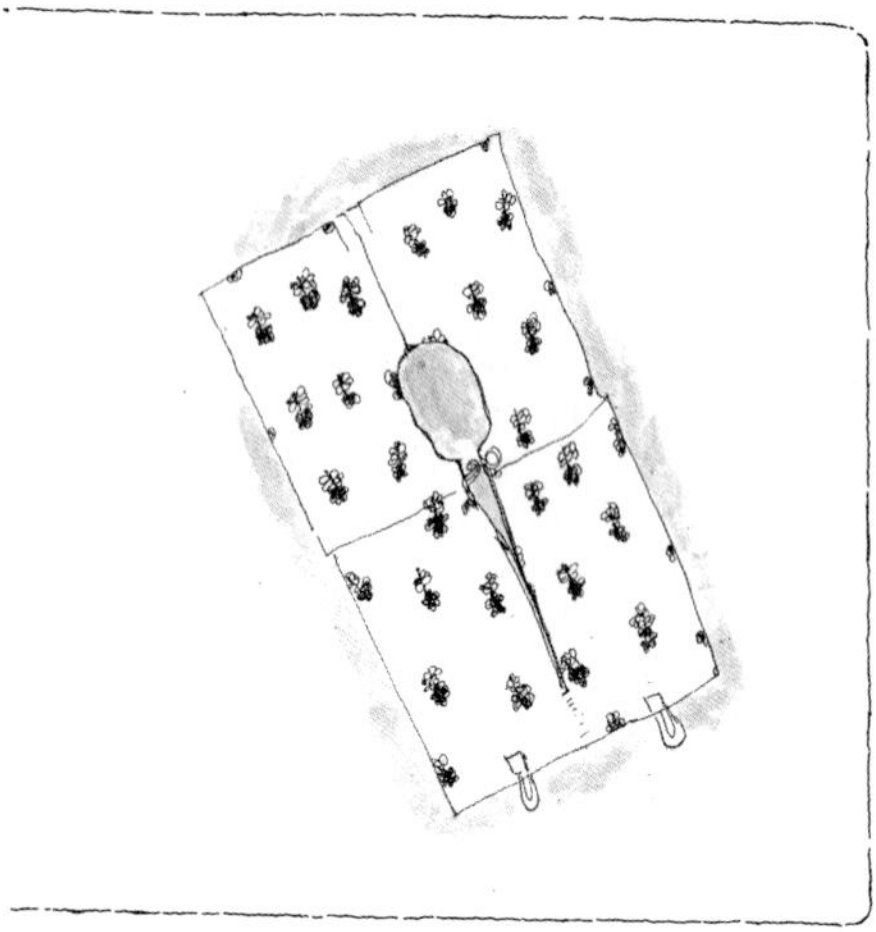

「これは、オランダのアムステルダムから西の方へ、約五、六十キロほど行ったところにあるスパケンブルグという、小さな漁村なのですがね」

いいながら、私に手わたした。

その絵葉書を見たとたんに、

「なるほど……」

たちまちに、ナゾが解《と》けた。

件《くだん》の品物は、スパケンブルグに三百年も前から伝わってきた、婦人の民族衣裳だったのである。

「しかもですよ、スパケンブルグでは老いも若きも子供たちも、いまだに日常、これを着用しているのです」

「ははあ……」

ヨーロッパに三十年も駐在し、諸方をまわって来ている小平夫妻も、これには瞠目《どうもく》

したらしい。

　私も、たとえばフランスのブルターニュ地方の、ポン・ラベという町で、美しい民族衣裳をまとっている老女を見たが、若い女たちは祭りの日や何かの行事でもないと、着ようとはしないらしい。

　そこへ行くと、スパケンブルグの女たちは、いまだに、この民族衣裳を愛用しているのだそうな。

　台紙に貼りつけた布の、丸い穴から頸を入れて、前後を紐《ひも》でとめる。

「どうです。日本の裃にそっくりじゃありませんか？」

「まったく、そのとおりですね」

「日本の裃は、これからきたのではないでしょうか？」

　小平氏は、真顔《まがお》でいわれた。

日本の武士たちが、いわゆる肩衣《かたぎぬ》と袴《はかま》による裃を着用するようになったのは室町《むろまち》時代の末期からだが、小平氏が、そのように想うのも、もっともなほどによく似ている。当時は、われわれの想像を越えて、ヨーロッパやアジアの文化、風俗が渡来していたことを想えば、小平氏の言葉にも深い興味をおぼえた。

「おもしろいですねえ」

私は飽《あ》かず、絵葉書と写真に見入った。

写真のほうは、スパケンブルグの町を小平氏が撮ったもので、なるほど、婦人たちが民族衣裳をまとい、レースの三角帽子を頭に乗せ、自転車で町を走っている姿などが何枚もある。

「いやあ、このナゾナゾは、わかるはずがありません。どうか奥さんに、よろしくおつたえ下さい」

煙草

十三歳で小学校を出て、すぐに働くようになった私は、たちまちに煙草をおぼえてしまった。

むろんのことに、はじめは隠れて吸っていたのだが、十六ぐらいから公然と吸うようになった。

戦前の、未成年者の酒、煙草は、きびしく取り締まられ、路上を、くわえ煙草で歩いていた若者は、すぐさま警官に見つかり、交番へ引き立てられて行ったものだが、私は一度も、そうしたおぼえがない。

何故というに、私は子供のころから老《ふ》け顔で、十六、七ともなれば二十三、四に見られた。

この老け顔のために、私は、いろいろな意味で、どれだけ得をしたか知れない。

それにしても、むかしの煙草はうまかった。私は「チェリー」を愛用していたが、銀座へ出ると、イギリスの「ウエストミンスター」の缶入りを三つ四つ買って来て、たのしんだ。

〔ウエストミンスター〕は、くわえていると、灰がそのままに残って落ちない。そして、何ともいえぬエキゾチックな香りと味わいがした。

戦後も年を重ねるたびに、煙草はまずくなって、いま、煙草らしい香気と味をもとめるなら、葉巻かパイプ煙草しかないので、私も家ではパイプをつかうこともある。

パイプも二十ほどあるが、高いばかりがいいとはいえない。デンマークのパイプ造りの名人ラスムッセンの手になるパイプはなかなか吸い心地がいいが、ラスさんが死んだら女房のアンネ・ユリエというおばさんが跡をつぎ、これまた有名になってしまった。けれども、女の造ったパイプはやはりダメだ。形にしろ、吸い心地にしろ、どこかピンとこないところがある。このおば

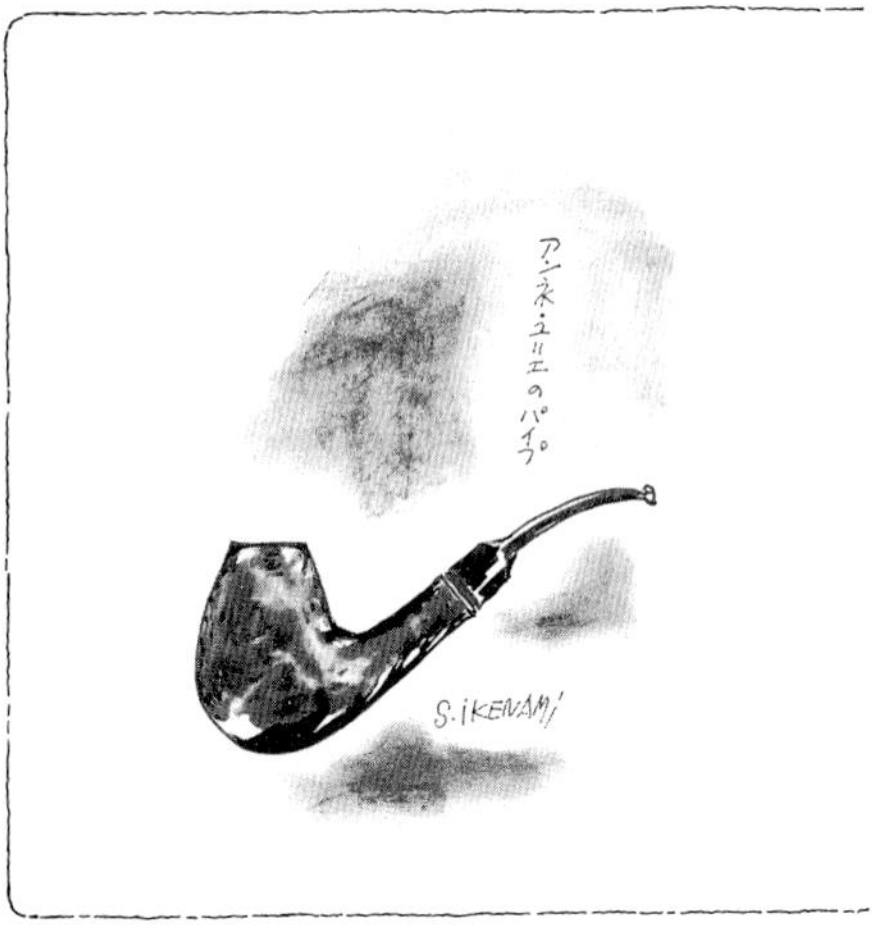

さんは再婚したら、とたんにパイプ造りをやめてしまった。

パイプ煙草は、砂糖水やコニャックを吹きつけたりして、自分で味をつけたりもする。これが、とてもたのしみなのだ。

仕事をしていると、知らず知らず煙草に手が出て、気がつくと灰皿は吸い殻の山になっている。一時は喉《のど》も痛みはじめたので、針の先でチョンチョンと二つほど煙草に穴をあけておいて、のむことにしていた。仕事中は味も何もわからない。こんなものが、どうしてやめられないのだろうと、つくづくおもうが、どうにもならぬ。

もっとも、いまのフィルターがついた紙巻煙草など、煙草とはいえない。けむりの出る草を吸っているようなものだ。

煙草の味が落ちたのは日本ばかりでなく、

世界的に落ちている。

いまは、すべてのものの質が落ちているのだから、煙草だけを責めても仕方があるまい。

若い女が、くわえ煙草でのし歩き、鼻の穴からけむりを吐いたり、半纏に鉢巻で神輿《みこし》を担ぐ世の中になったのだ。煙草の味も、そんな女たちに味を合わせているのだろう。

「煙草の味は、その時代の文化の象徴である」

と、いった人がいる。

能率本位の量産、ガンへの恐怖、禁煙運動……などによって、タバコは腑《ふ》抜《ぬ》けになってしまった。

ところで、私の煙草の銘柄は、これと決まっていない。あらゆる煙草を吸う。

煙草は、それぞれに、紙やパッケージがちがっているから、それによって我知らず、仕事の気分を変えようとしているのかも知れない。

某月某日

この秋は、画家の和田誠が初監督をした〔麻雀放浪記〕と、これも伊丹十三初監督の〔お葬式〕という秀作が二本観《み》られて、日本映画が気を吐いた。ことに〔お葬式〕のセンスのよさ、ユーモアに感心をした。

もう一つ、私の好きな市川崑監督の〔おはん〕もある。

この〔おはん〕について、いささか疑問があったので、今日は銀座へ出たついでに、文庫本の、宇野千代著〔おはん〕を買い、裏通りの〔K〕へ行き、コーヒー二杯をのみながら読む。

原作を読み、疑問が氷解したので、少し散歩をしてから眼鏡屋へ寄り、仕事用の眼鏡を注文する。

フランスへ行く日も近づき、仕事を片づけつつあるが、やたらに、断わりきれぬ飛び入りが入ってくる。こういうのは間、髪を入れずにやってしまうことが何よりだ。

眼鏡屋を出たところで、旧友のWにバッタリ出合う。

「おい、A・Hが死んだよ、昨日……」

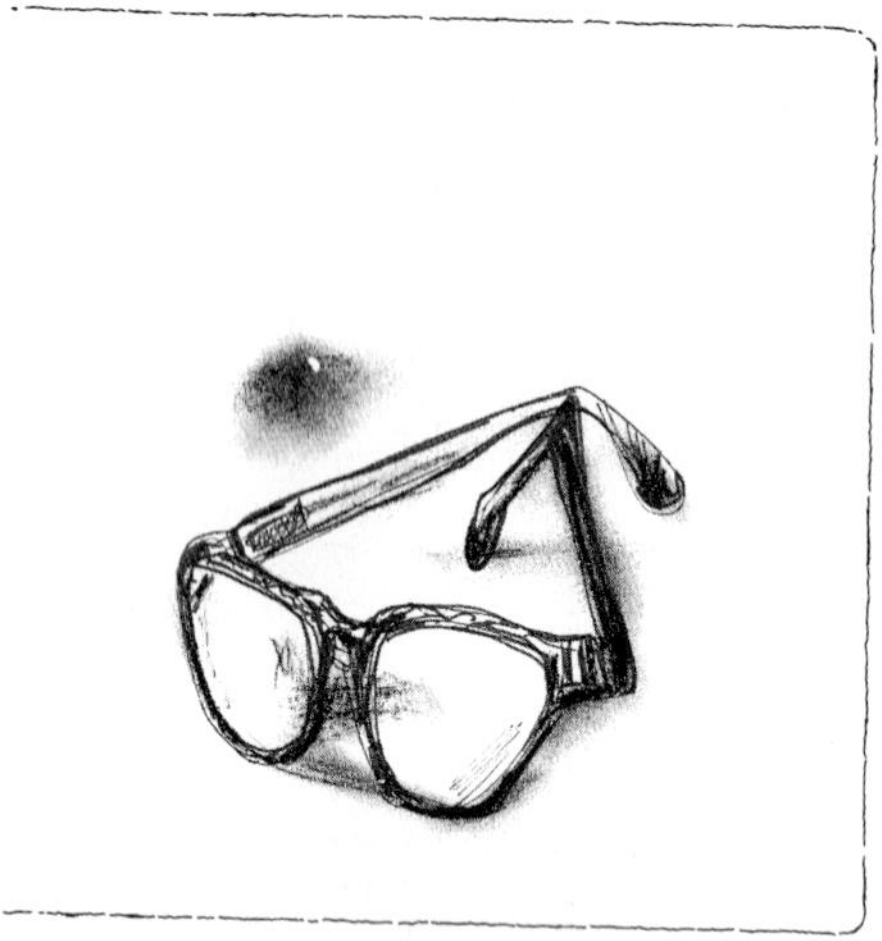

と、いう。

Ａ・Ｈは、私たちと同年だ。このごろは、友人たちが、つぎつぎに、あの世へ旅立って行く。

「心細いなあ。おれなんか、もう、そろそろじゃないかとおもう」

と、Ｗがいったので、私が、

「奥さんに、お葬式という映画を観せとくといい」

「な、何だい、そりゃあ……？」

「ためになるぜ。奥さん、よろこぶよ」

「冗談じゃない」

「いや、笑いながら観ていられるし、とても参考になる」

「君は、よく、そういうことを平気でいえるね」

「そうかね」

「そうだ。むかしからそうだった」

「ふうん……」

「十四、五のころから、そうだった」

「へえ……」

「さよなら」

「まあ、お待ちよ。久しぶりだ。コーヒーでものもう」

「ごめんこうむる」

Wは、プンプンしながら立ち去ってしまった。

仕方がないので、もう少し歩いてからユニ・ジャパンの試写室でユーゴスラヴィア映画「歌っているのはだれ？」を観る。実におもしろかった。何よりも脚本がよくできている。ドイツのユーゴ侵略を目前にひかえて、田舎の道をベオグラードへ向う古いバスに乗り合わせた人びとを描いたものだが、ちょっと恐ろしいユーモアの味わいが強烈だった。

試写室を出ると夕闇がたちこめている。すぐさま、京橋の〔与志乃《よしの》〕へ行く。鯖《さば》があった。ここの鯖は、何ともいえない。

〔与志乃〕は、ほんとうの、東京の鮨屋《すしや》だ。

先ずビールの小びん。それから酒。このごろはあまりのまない。いや、さっぱりのめなくなってしまったが、毎日、のむことだけはのむ。

薄い卵焼きが少しあったので、オボロを入れて握ってもらう。なつかしい。

主人に「あなたは、こんないい息子さんをもって、しあわせな方だ」と、傍の若主人のことをいったら、主人は照れくさそうな顔をした。

〔与志乃〕を出て、銀座のバーへ寄ってみようかとおもったが、おもうそばから、行く気がしなくなってくる。齢《とし》をとったものなり。銀座を歩き、S堂の前でタクシーを拾って帰る。

万年筆

商売柄、万年筆は四十本ほど持っている。

ともかくも、原稿紙にペンが軋《きし》む音がするようでは駄目だ。そうした万年筆で仕事をしていると、てきめんに手が疲れる。肩が凝《こ》る。気分も散る。

モンブラン、ペリカン、シェーファーなどの万年筆の中で、いちばん、私の手になじむのはモンブランで、本数も多い。

毎年、年の暮れになると、使っていた万年筆の大掃除をして、やすませてあった万年筆も出し、来年に使うペンをきめる。

今年の私は、ほとんど、モンブランを使わなかった。

万年筆の職人として、

「知る人ぞ知る……」

岩本止郎さんがつくった万年筆五本を使用している。岩本さんは、もう八十に近いはずで、いまも元気で某デパートの一隅に自分のコーナーをもち、仕事をしておられる……と、おもっていたところ、すでに亡くなられたそうな。

昭和三十五年の夏に、私が直木賞を受賞したとき、故玉川一郎氏が、むかしなつかしいオノトの万年筆を、

「お祝いだよ」

と、下すった。

たしか玉川氏は、万年筆のコレクターだったようにおもう。ペン先はもちろんのこと、軸《じく》までもむかしのもので、しかも新品だった。

玉川氏と私の共通の師であった故長谷川伸も、亡くなられるまでオノトだった。長谷川師は、一本のオノトのペン先がささくれるまで、何十年も愛用しておられた。

私は、玉川氏からいただいたオノトを大事にしすぎて、あるとき使用中に粗忽《そこつ》にも取り落し、軸を打ち割ってしまった。そのときペン先も少々傷《いた》んだ。

玉川さん、あまり似てなくて
ごめんなさい。
故玉川一郎氏
S.IKENAMI

このオノトを入念に修理し、みごとに、以前のオノトにしてくれたのが前述の岩本止郎さんだった。この原稿も、オノトを取り出して書いている。

ところで……。

私は、新しい仕事の原稿を書き出すときは、どちらかというと細字用の硬質のペンにする。文字も一字一字、楷書《かいしょ》に近い書体で、ゆっくりと書く。そうしているうち、文章も落ちつき、原稿の行手《ゆくて》も見えてくる。

しだいに気分が乗ってくると、万年筆を変える。今度は、やわらかくて太い文字が書けるペンにする。文字も、仕事のリズムに乗ってきて、崩し字が多くなってくる。

仕事を終えると、ペン先を水で洗い、ティッシュ・ペーパーか布で拭《ふ》いておく。

おそらく、何かの異変でもないかぎり、

私はもう、死ぬまで万年筆を買わないことだろう。

原稿も、鉛筆を使ってみたことがあるけれども、やはり、仕事をした気分にはなれない。受けとるほうも、そうらしい。

私が少年のころ、はたらきに出て、はじめての月給をもらったとき、先ず駆けつけたのは、勤め先からも近い日本橋の丸善だった。

そこで、小学生のころから、ほしくてほしくてたまらなかった万年筆を買いもとめたのだった。

それは、丸善のアテナ万年筆で、ちょうどそのころ、前述の岩本止郎さんも、丸善の万年筆の下請《したう》けをしておられたのではないだろうか。

ガンジー首相の星

フランスの田舎を二十日間ほど廻って帰国した翌々日、インドのガンジー首相が暗殺された。

この日は、十月三十一日で、気学でいうと八白《はっぱく》の日にあたる。

ガンジーさんは、一九一七年十一月十九日生まれという。

すなわち大正六年。

年の星は二黒《じこく》だ。

生まれた月も二黒の月で、年月ともに二黒となれば六白《ろっぱく》という男の星の象意《しょうい》をもふくむ。

六白は、天、父、太陽、大統領、首相、主宰者などの意をもっているから、それゆえにこそ、女ながら一国の首相ともなったのだろう。

しかし、何といってもガンジーさんは二黒という女の星で、この星は大地、育成、従順、皇后、母、妻……などの象意をふくむ。

女、ことに母・妻のちからは強い。ゆえに、他の女の星にくらべ、二黒という星は、

ことさらに強い。母と父の両面をそなえたガンジーさんの風貌は、何よりもそれを物語っているようだ。

　ところで……。

　昭和五十九年の星は、有吉佐和子さんの項でふれたように七《しち》赤《せき》である。

　気学では定位《じょうい》という星の位置があり、それが不変の基本となり、それぞれの象意をもっていて、今年の二黒

六	二黒	四
五黄 殺	七	九紫 暗剣殺
一	三	八

〔今年の星〕

四	九紫	二黒
三	五黄	七
八	一	六

〔定位の星〕

は、定位の九紫《きゅうし》の上へ乗っている。

その九紫には今年、恐ろしい暗剣殺《あんけんさつ》がついているのだ。

そこで、暗殺がおこなわれた八白の日の星の位置は、つぎのようになる。

七	三	五黄殺
六	八白	一
二黒暗剣殺	四	九

〔十月三十一日の星〕

よく、図面をごらんいただきたい。

この日の二黒には暗剣殺がついており、定位の二黒の上には五黄殺が乗っている。

恐るべき凶殺をもつ暗剣殺は、突発的に、他動的に災害をもたらす。

そして五黄殺は、自発的に災害をもたらし、すべてを壊滅《かいめつ》させずにはおかない。

このように、十月三十一日のガンジーさ

んは二重三重の危険をもっていた。さらにくわしく書くと、わかりにくいのでやめておくが、そのほかにも、この日は危難がいくつも看《み》てとれるのである。気学が表面にあらわれるときには、恐ろしいほどに適中してしまう。

ガンジーさんの二黒土星《どせい》は、今年、衰運の四年目に入り、来年は衰極といって衰運の底へ入る。そして、再来年の春から盛運がはじまり、それが四年間つづく。

ガンジーさんが再来年まで危難を切りぬけていたら、インドのためにも、きっとよかったろう。

フランスでも、テロが頻発《ひんぱつ》しているそうな。

いよいよ、不気味な時代になってきた。

シモネ老人の指輪

　二年ぶりにパリへ着いて、旧・中央市場《レアール》にあった酒場「B・O・F」の趾《あと》へ行くと、そこはすでに赤いペンキ塗りのハンバーガー屋になってしまっている。

　そのことは二年前に来たとき、わが目にたしかめていたし、主人のジャン老人の行方も知れぬとあっては、別に行くこともなかったが、ついでに通りかかって見ると、たった二年の間にあたりは、

（ここが、レアールか……）

　見ちがえるばかりに変ってしまっていた。

　大きな高層のアパルトマンや、けばけばしいショッピング・センターが大広場を埋め、得体も知れぬ若い男女が充満している。

　百五十年もつづいた小さな酒場を、年上の古女房ポーレットと共に守っていたジャン老人のような人びとは、ここ数年の間に変貌の度を速めて来たパリから、しだいに姿を消しつつある。

　いやパリばかりではなく、今度のフランスの旅では、いたるところに、古きものが消

え、その古きものにとっては、どうしても馴染《なじ》むことができぬ新しい世界があらわれつつあった。

　これはフランスのみではない。日本も同様だが、いまのところ、まだしも日本や東京は旅行者にとって安全なところらしい。

　先般、東京を訪れたパリの市長が、しきりに東京をほめそやしていたけれども、

「それは、お世辞《せじ》でも何でもなく、彼の本《ほん》音《ね》なんです」

　と、三十年近くもパリに住んでおられる小平勉氏が語った。

　小平氏は、日本鉄鋼輸出組合の常務理事をつとめておられるが、何事にも行きとどいた、すばらしい方で、夫人の允子《まさこ》さんが私の本を愛読して下すっているところから交誼《こうぎ》が生まれた。小平氏は年に数回、仕事

で東京へもどられるので見知っていたけれども、夫人とは今度、パリで初めて、お目にかかったのだ。

その小平夫妻が、パッシーの私の定宿へ見えて、それから三日間、親切なもてなしを受けたわけだが、その折、小平夫人が二つの指輪を取り出し、

「どちらか、お好きなほうをさしあげます」

と、いわれる。

「この指輪は、むかし、私たちと大変に仲がよかった鉛管工《えんかんこう》のルイ・シモネさんが下さったものなんです。シモネおじさんが、第一次大戦の折、ヴェルダンの要塞に立てこもっているとき、つれづれのままに、弾丸の破片で作ったものだそうです」

小平夫人の説明を聞きながら、私は二つ

の指輪を凝《じっ》と見つめた。

指輪などには全く興味がなく、指につけてもいない私だったが、この二つのうちの一つには、たまらなく心をひかれた。

正面に自分の名のSとLを組み合わせ、横に〈戦争の想い出に〉という文字が彫ってある。

私は胸おどるままに遠慮なく「こちらのほうをいただきます」と、いった。

ルイ・シモネ老人は、むかしのフランス俳優だと、さしずめシャルル・ヴァネルというところか……それとも、もっと細身のレーモン・エーモスのような人だったろうか。

いずれにせよ、古きよきフランス人だったにきまっている。

永倉新八と映画

新選組の、生き残りの隊士で、近藤勇も一目《いちもく》を置いたほどの剣客・永倉新八《ながくらしんぱち》を主人公にして、私が〔幕末新選組〕を書いたのは、もう二十余年も前のことになる。

永倉新八は、のちに杉村義衛《すぎむらよしえ》と改名をし、明治維新後は亡父の主家であった松前藩へもどり、後年に、北海道・小樽《おたる》へ住みつき、大正三年に七十七歳の生涯を終えた。

新選組の〔歴史〕をつづる、数々の血闘に参加し、その剣名をうたわれた永倉も、ここまで生きのびることができようとは、夢にも思わなかったろう。

永倉新八のお孫さんは、杉村道男といい、当時、札幌《さっぽろ》の大学につとめておられた。いまは故人となられたが、そのころは元気で、北海道へおもむいた私に、祖父・永倉のことを、生き生きとした表現で語って下すった。

杉村氏は、十五、六歳になるまで、祖父に可愛がられてすごした。父の杉村義太郎は「柔道をやれ」とすすめ、祖父の永倉は「あんなものは、いくらやっても、何の足しにもならん」と、剣道をすすめ、ついには親子が大喧嘩になって、孫の道男氏は、

「あのときばかりは、実に困ったものです」

と、いった。

　ところで、永倉新八は非常な映画ファンだったそうな。むろん、晩年のことだが、日本映画は、まだ初歩の段階で、まとまったものはできていなかったから、チャップリンのキーストン喜劇や、グリフィスの映画や、それに「ジゴマ」なんかも観ていたろう。小樽へ来る外国映画は、同じものでも二度、三度と観ては、つくづくと、

「ああ、わしは長生きをしたので、こんな文明の不思議を観ることができた。実に何とも妙な気もちだよ。近藤（勇）や土方《ひじかた》（歳三）が、もしも生きていて、この活動写真（映画）というしろものを観たら、どんな顔をするかなあ」

　と、孫の道男氏にいったそうだ。

「あれは、祖父が亡くなる少し前でしたが、

例によって、孫の私を連れて映画見物に行ったときですが……」

と、道男氏が、私にはなしてくれた。

「下足《げそく》のところで、映画がハネると、大変に混雑します。あずけてある履物《はきもの》を受けとろうと見物の人々が先を争う。祖父は、もう八十に近いし、よたよたと人の波にもまれているわけです。そのときにね、土地《ところ》の若いやくざ者が、七、八人で、祖父を小突きまわすのですよ。じじい、早くしろとか、ぐずぐずするなとかいってね。祖父はじっとこらえていました。私も、十年以上も、祖父が剣を持つ姿を見ていませんし、はらはらしながら、祖父の手にすがっておったんです。するとね、よろよろしていた祖父の背筋がぴいんと張ったかとおもったら……」

永倉新八の肚《はら》の底から、ほとばしり出るような凄《すさ》まじい気《き》合声《あいごえ》が起った。

そして、永倉は、やくざどもをにらみつけた。

「するとね、やくざどもは、たちまちに蒼《あお》くなって、ぱっと祖父から離れ、こそこそ逃げてしまいました。さすがにちがったものだとおもいましたね」

そのとき、道男氏が、

「おじいちゃん、強いね」

うれしげにいうと、永倉は鼻の先で笑って、

「あんなのは、屁《へ》みたいなものだよ」

と、いったそうである。

帽子

戦後、日本の男たちは帽子をかぶらなくなったが、むかし、階級制度下の日本では、どのような階級に属していようとも、大臣も大工も商人も帽子をかぶっていた。

私も十代の若いころから帽子をかぶっていたが、その利点をあげれば、先ず第一に年齢が不詳《ふしょう》に見えることだ。

ソフトをかぶっていれば、十八か十九の私が二十四、五には見られた。もともと老《ふ》け顔の所為《せい》もあったろう。

このため、くわえ煙草で交番の前を通っても、一度も注意されたことがない。ともかくも、むかしの未成年者に対する世間の監視はきびしかったのだ。

もう一つは、私と同業で同年の僚友・井上留吉が頭に怪我《けが》をしたときのことだった。井上も、店をはなれれば、私同様にソフトをかぶっていたが、あるとき、深川だか浅草の建築現場の傍を通りかかった彼の頭上へ、大きな材木が落ちてきた。

昏倒《こんとう》し、病院へ担ぎ込まれた彼に、医師がこういったそうな。

「もしも、この帽子をかぶっていなかったら、こんなことではすまない。大変なことに

なった」

そして、いま、六十をこえた私が帽子をかぶっていると、七十から七十五、六に見られる。

眉毛が真白になった所為《せい》もあるだろうが、外国へ行くと、だれもが七十すぎの老人だと看《み》て、親切にしてくれる。これがよい。だから、わざとステッキをつき、よろよろしながら旅をつづける。

ちなみにいうと、ステッキは痛風の発作にそなえてのことだが、このところ、長らく発作は起らぬ。

いま、私の帽子の中で、もっとも大事にしているのは、七年ほど前に、森田麗子さんがつくって下すったものだ。うっかりと煙草の火で小さな焦げあとをつくってしまったが、修理をして愛用している。

この帽子は、やわらかくて厚い、黒の生地で、ツバがせまくなっていて、そこが、とても気に入っている。日本で、ただ一つのデザインの帽子だ。

もう一つは、手織りのホームスパンでつくられたハンティングである。

今年の二月に、あるパーティで、私は銀座・壱番館洋服店の会長・渡辺賓さんの隣席にかけた。

食事をしているうちに、どちらからともなく、

「このごろは、おもうようなハンティングが手に入らなくなりましたねえ」

そのはなしになったとき、渡辺さんが、

「私も、そのうちに一つ、つくろうとおもっています。そのときは、あなたのもつくりましょう」

何気なく、そういわれた。

「いや、とんでもないことで」

辞退したつもりでいた私は、その後、気にとめずにいて、春、夏、秋と月日が経過した。この間、渡辺さんが病気で入院しておられたとは、少しも知らなかった。

そして、秋になると、突然、すばらしいホームスパンのハンティングが私へ届けられた。このとき、はじめてわかったのだが、渡辺さんは、

「池波さんと約束をしたのに、すっかり遅れてしまって……気にかかってならない」

療養中にも、そう洩らしておられたことを、帽子を届けてくれた人の口から聞かされて、私は胸を打たれた。もったいないことだとおもった。

何という律儀《りちぎ》な方だろう。ハンティングのことを忘れていた自分が、はずかしくなった。

某月某日

今日も、読者から〔気学〕について問い合わせの手紙が来た。編集部へも、たびたび電話があるらしい。それというのも、この〔夜明けのブランデー〕の中に、ガンジー前首相の星について書いたり、他の随筆にも気学について、たまさかに書くこともあるからだろう。

どんな本を読んだらよいか、どんな先生にみてもらったらよいか……などと問い合わせてくるのだが、私はまだ気学を研究中で、人さまに何かいえるだけのものを身につけてはいない。

なればこそ、物事の結果によって判断をしているにすぎないのである。

私は、むかし、まだ若いころに小林四明《しめい》という人が書いた〔法象学軌範《ほうしょうがくきはん》〕の一冊を偶然に読んで非常に感銘をおぼえたことがあった。これも気学の本だが、その後は忘れるともなく忘れてしまい、長い歳月をすごしてきた。

そして気学を、ほんとうに勉強しはじめたのは、六年ほど前からだ。

気学は占《うらな》いではない。法則の学問である。したがって、私は私なりに何年もかかって、

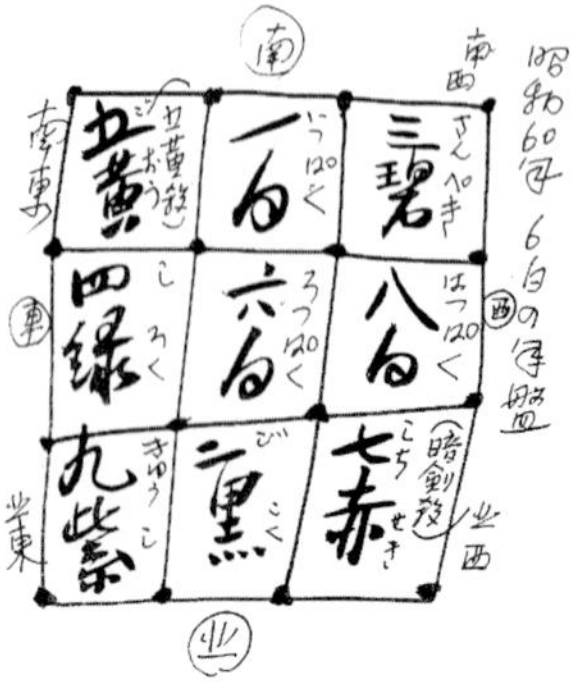

自分の体験と統計を積み重ねなくては、どの本を読むようにとか、だれに教えを受けたらよいとか、指示することは、とてもできない。

気学は底が深く、いろいろな先生たちも、それぞれに解釈の仕方がちがう。けれども基本は同じである。

どうしても、気学の道へすすみたいのであれば、大きな書店へ行って、

「気学関係の本は、ありますか？」

と、尋ねれば、おそらく、しかるべき本を見出すことができるだろうが、中には、あまり感心できないものもある。その中から、自分で、

（なるほど……）

と、納得が行くような一冊が見つかったなら、その著者に問い合わせるがよいとお

もう。

　そうして、自分の研究がすすむにつれ、神田あたりの古書店をまわり、気学の本を漁《あさ》り、自分の体験と照らし合わせ、次第に深く足を踏み入れたらよい。前述の小林四明氏の本も古書店にはあるはずだ。単なる思いつきではなく、何年もかけて研究することが大事である。

　気学は、大自然の運行に対し、豆粒のような人間を謙虚にしようとする学問だ。

　やさしい入門書は書店にいくらもある。先ず、そこから出発することだ。読者へのおこたえは、この一文をもって、ごかんべん願いたい。

　と、ここまで書いたとき、長らくフランスに在住している知人から手紙がきた。

　それによると、この一カ月に、モンマル

トル周辺で十一人もの老女たちが殺害され、わずかな金品を奪われ、しかも、犯人の手がかりさえもつかめぬという。

さすがに、パリの老人たちの不安はつのり、集会をひらいたり、ミッテランが廃止した死刑を、

「復活させよ」

と、叫びはじめたらしい。

私も、この秋のフランス旅行では、モンマルトルのあたりへ足を向けず、早々に、田舎の方へ出てしまった。

さて、来年は〔六白《ろっぱく》〕の年である。今年は〔七赤《しちせき》〕だ。

年末になると、書店で暦を売り出す。これは、いかにも日本の年の暮れの気分がするもので、気学をやりたいとおもう人びとは、取りあえず、この暦を一冊買って、ゆっくりと、丹念に読まれることから始めたらよいのではあるまいか。

ルノワールの言葉

先般のフランス旅行では、期せずして、有名な画家オーギュスト・ルノワールゆかりの地を訪れることになってしまった。フランスの田舎を旅していると、これまた期せずして、ナポレオンとジャンヌ・ダルクの縁につながる場所に出合うことになる。

それにしても、プロヴァンスからラングドック地方の名城・カルカソンヌを訪ねたところ、これまたルノワールに縁があるところだった。すなわち、ルノワールの長男でフランスの名優のひとりだったピエール・ルノワールが第一次大戦で負傷したとき、カルカソンヌ近くの病院に収容されていたのを、ルノワールの妻アリーヌが見舞いに駆けつけている。ついで次男のジャン・ルノワールも重傷を負い、これまた見舞いに駆けつけた母アリーヌは、その無理がたたって、南仏カーニュの家へ帰ると間もなく、二十歳も年上の老いた夫ルノワールを独り残し、急死してしまったのだ。

そのカーニュの家は、いまも当時のままに残っている。何世紀も経たオリーヴの巨木に囲まれているルノワール終熄《しゅうそく》の家（アトリエ）は、この画家の人柄そのものが家になったようなおもいがした。質素で堅実な、小さな家である。しかし、丘の上のひろい庭

からは、よき時代のカーニュを漫《すず》ろに偲《しの》ぶことができる美しい景観が展開しており、彼方には、アンチーブの岬も地中海も見えた。

銀行と資本主義文明による大自然の破壊をもっとも嫌ったルノワールだが、晩年は持病のリューマチに苦しめられ、やむなく自動車を買って乗りはじめた。

そのとき、ルノワールは、こういった。

「こいつは便利なものだねえ。しかし、なんだか、高級売春婦になったような気がするよ」

エトワールの凱旋門など、ルノワールは顔を顰《しか》めて「下劣な化け物だね」と、一言のもとに片づけてしまっている。また、こんなことも次男のジャンにいったそうな。

「暇ができるにつれて、人間の仕事は遅く

なるようだ。タイプライターなんか使っているくせに、三年に一冊の本しか書けない作家がいるのだそうだよ。わしにはわからないねえ。シェイクスピアやモリエールは鵞鳥《がちょう》の羽でつくったペンを使って、一週間に芝居を一本書きあげてしまう。しかも、それが傑作なんだからね」

　ルノワールは、たしか五十歳のときに三十歳のアリーヌと結婚しているが、その五年前に長男ピエールが生まれているところを見ると、二人が同棲生活に入ったのは、一八八四年だったのだろう。次男のジャンが生まれたとき、ルノワールは五十三歳で、われながら呆《あき》れた様子だった。

「まったく、こいつは滑稽《こっけい》なことだよ」

　しかし、六十歳になってから、何と三男のクロードが生まれたのだった。激しいリューマチの発作に苦しめられながらも、ルノワールの性生活は、このように健全きわまるものだった。

妻に先立たれてからは、南フランスの陽光が輝きわたるカーニュで、美しい自然と、豊満なモデルたちの肉体に囲まれ、ルノワールはカンバスに向いつづけた。

あるとき、散歩中に咲いているアネモネの花を見るや、

「ごらんよ。まるで女の陰部そっくりだ」

感嘆の声を発したというし、ある人が「ルノワールが女を描いているときは、女を愛撫しているように興奮している」といったら、ルノワールは、

「そういわれて、とても、うれしい」

と、いったそうな。

このように、すばらしい老人が、およそ七十年ほど前まで生きていたのである。

年末の或る日に……

小学校の同級生Ｓが来て、

「来年は、五十周年記念だよ」

と、いきなりいう。

「何の、五十周年記念？」

「忘れちゃ困るなあ」

「わからないな……」

「つまり、われわれが小学校を卒業してから、五十年たったのだよ」

「へえ……？」

どうも、実感がわいてこない。

たしかに、Ｓのいうとおりなのだが、あのときから半世紀が経過したとは、とても思えない。これは、私の生まれた月が〔三碧《さんぺき》〕という星をもっているからだろう。

〔三碧〕には、いろいろの象意がふくまれているけれども、その中には〔子供〕や〔若者〕の意味もあって、このため、私には六十をこえたいまも、子供の気分が残っている

のだ。

　年の星は〔六白《ろっぱく》〕で、これはSも同じだが、Sは孫が三人もいて「おじいちゃん、おじいちゃん」と、まとわりつかれ、お年玉をせびられて目を細くしているのだから、私とは大分にちがう大人《おとな》なのだ。

「それでね、五十周年を記念して、第一会場を母校の、われわれが学んだ教室でやろうということになってね」

　私たちの小学校は、下谷の西町小学校で、母校は戦災を受けなかったので、旧態が温存されている。この学校で私たちを教えて下すった先生方は四人、そのうちの三人は、すでに亡くなられ、T先生ひとりが、お元気で、いまも活動しておられる。

　そのT先生を迎え、むかしの教室で、私たち二十人が五十周年の記念授業を受ける

計画をたて、幹事のＳとＹが西町小学校へおもむき、このことをたのむと、現校長が、よろこんで承諾して下すった。

「この齢《とし》になって、また、Ｔ先生に数学の講釈を聞くのかい」

「まあ、な」

「あんまり、ゾッとしねえな」

「いいじゃないか、記念だよ、五十周年記念だよ、半世紀だよ」

「今年も、二人、死んじまったね」

「おれたちだって、いつ、お迎えが来るか、知れたものじゃあない」

　私たちは、子供だったころに、老人たちが語り合っていた言葉と同じようなことを、ぼそぼそと口にしたが、しかし、どうも実感がわいてこない。

　母校における記念授業は来年（昭和六十

年）の三月二十三日の午後にきまったそうな。

　Sが帰ったあとで、私は少し手紙を書いてから銀座へ出て、中華料理の〔R〕へ行き、春巻二本に小ビール、五目やきそば、アーモンド・ゼリー、コーヒーなどを食べてから、Yホールの試写会へ行った。

　終って、地下鉄の駅へ向いながら、

「むかしのようにな、T先生に出欠の点呼をしてもらうんだよ」

そういっていたSの顔を思い浮かべていると、後ろから駆けて来た人によびとめられた。

　この人は、やはり私たちの担任だったK先生の御子息K氏である。

「お母さまは、お元気ですか？」

　と、私。

「はあ、もう八十をこえましたが、大変に元気です」

　別れぎわに、あいさつをかわしたとき、ひょいと見ると、半世紀前にはまだ生まれていなかったK氏の頭髪が大分うすくなっているのに気づいた。

両側舞台と両面舞台

近ごろは、ブロードウエイからミュージカルが日本へ来て公演をするようになったし、日本の芝居も、市川猿之助の歌舞伎や、新劇の翻訳劇がおもしろく、むかし、私たちが新国劇や新派でつくっていたジャンルの舞台は、すっかり、おとろえてしまった。

客は来ても、脚本・演出、役者のいずれもが幼稚であって（むろんのことに全部がそうではない）、また、そのほうが興行の面からいってもよいのだろう。

いまは、演劇のみならず、何事も素人《しろうと》が受ける時代なのである。

私が脚本・演出をしていたころは、限られた時間の中で、主題を表現するため、どのような場面を設定したらよいかに悩んだ。

場面も映画とちがって限られている。

二時間という時間ならば、場面転換に要する時間が重要な問題となってくるわけで、私が昭和三十二年に井上靖原作〔風林火山〕を新国劇で劇化したとき、初演の読売ホールには、場面転換に必要な廻り舞台がないので、頭を抱えてしまったことがあった。

このため、つとめて場面を少くし、簡素な舞台装置により劇化したわけだが、却《かえ》って、

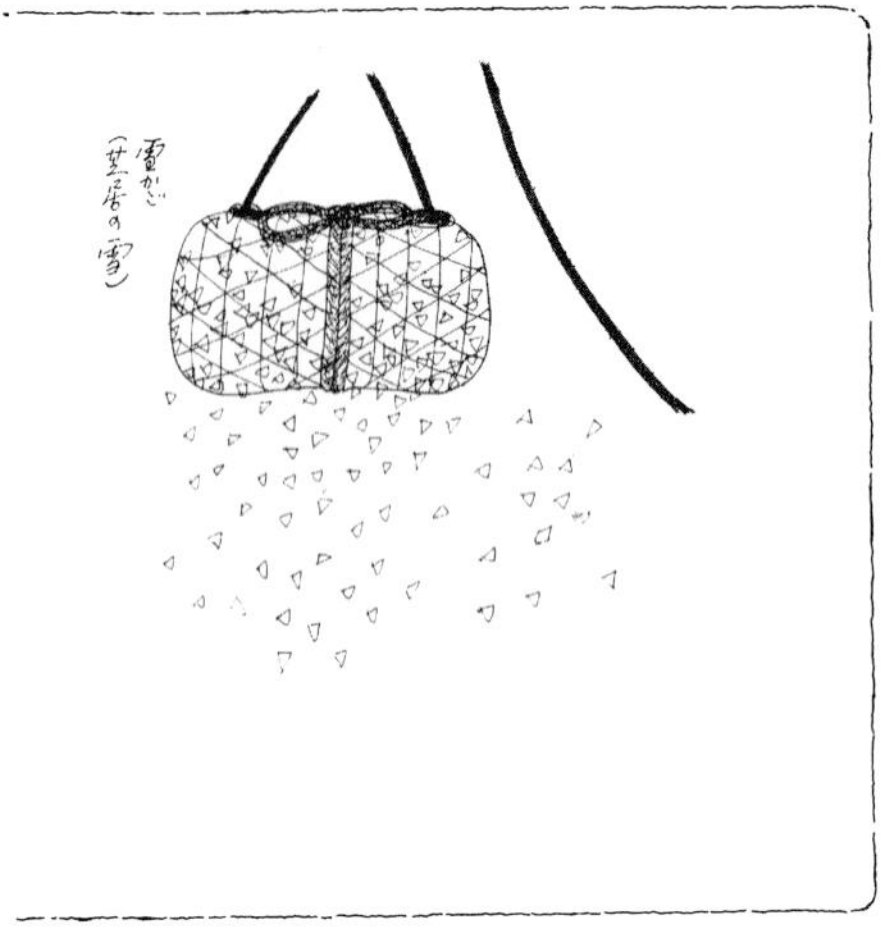

その苦痛の中で、劇作家としての自分のドラマツルギーを、はっきりと、つかんだようなおもいがした。

それはさておき……。

西洋の芝居は、むかしから、照明の威力を押し出し、自由自在に舞台転換をおこなってきた。

最近では、ピーター・シェファーのヒット舞台〔アマデウス〕が、松本幸四郎・江守徹等によって上演され、わずかな小道具と照明によって、多面の場面転換を胸がすくように見せ、原舞台の味を堪能させてくれた。

舞台の場面転換については、むかしから関係者が頭を痛めていたらしく、いまから二十七、八年前に或る古老が、こんなことを私に聞かせてくれた。

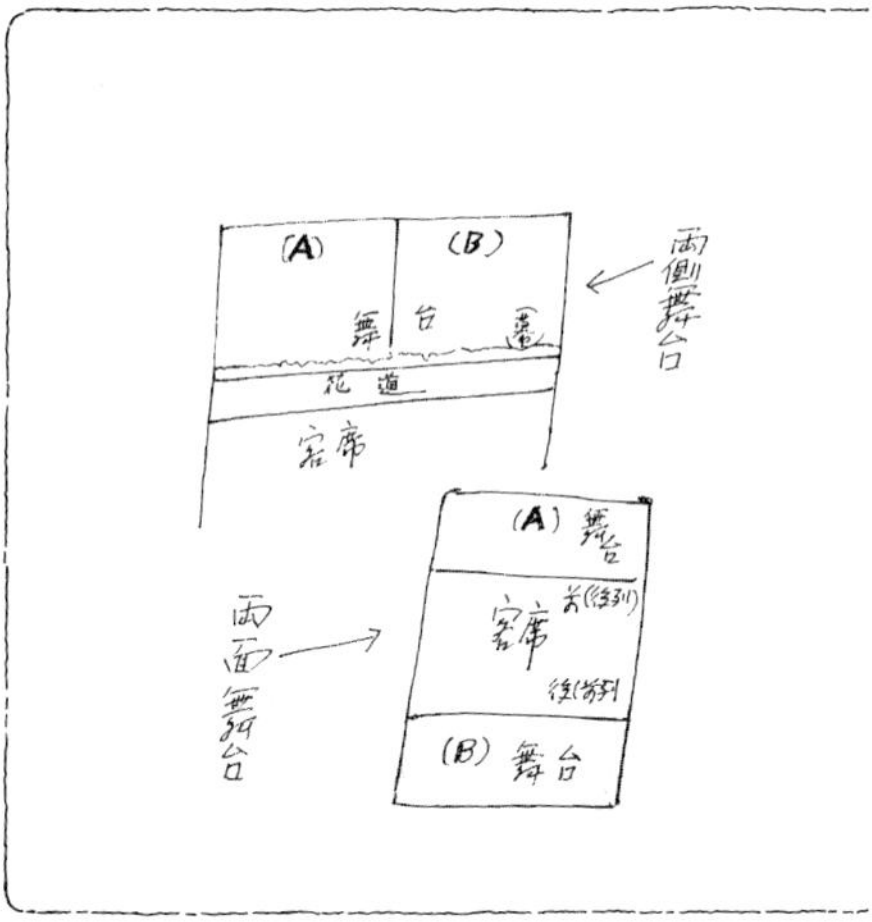

「むかしね、小芝居《こしばい》には両側舞台と両面舞台というのがあって、つまり、つまり……」

つまり、両側舞台というのは、図面にあるごとく、舞台を(A)と(B)の二つに割ってしまう。

すなわち(A)の舞台で芝居を演《や》っているうちに(B)の舞台の幕を閉めておいて、次の場面の舞台をつくる。ために(A)の場面が終るや、たちまちに(B)の舞台の幕が開くというわけで、観客は幕間《まくあい》の時間もなく、一気に一つの芝居を観ることができる。

さらに、(A)と(B)の前に花道がついていて、これを縦横《じゅうおう》に利用したものだそうな。

つぎの両面舞台というのは、図面のように、二つの舞台が客席の前と後ろについているものだ。

(A)の舞台が終ると、客は坐り直して(B)の舞台を観る。(B)の場面が終ると、また坐り直して(A)の舞台を観る。そのたびに、前列に坐っていた客が後列になったり、また前列にもどったりするというわけ。

これは、演じる役者もいそがしいが、客もいそがしい。

むかしの客席は、いずれも、座ぶとんを敷いて見物をしたのだから、こうした、おもしろい舞台や、芝居小屋もできたのだろう。

板や畳の上に坐るということを忘れかけている日本と日本人に、これから、どのような変化が起るか、起りつつあるかという問題は、また別のはなしになる。

某月某日

スペイン製ミュージカル〔血の婚礼〕の試写を観た。

何でも、これは五十年ほど前に、マドリッドの劇場で初演されたそうだが、映画では、先ず劇場の楽屋へ舞踊団の一行が入って来て、化粧前へ坐り、衣裳つきの総稽古にそなえるシーンから始まる。

その通し稽古によるミュージカルドラマ〔血の婚礼〕が、展開するわけだ。

ひろい稽古場の大きな鏡を前にしただけで、舞台装置も何もないわけだが、アントニオ・ガデスひきいる舞踊団のすばらしさは、カルロス・サウラ監督のすぐれた演出によって、その情景を、ドラマの情念を遺憾《いかん》なく表現する。

近年のブロードウエイ・ミュージカルが、急に子供じみてきて、音楽も振付も、したがってダンサーたちも、ただ、さわがしいばかりで味わいがなく、背筋が総毛立つようなナムバーが一つの出しもののうち二つか三つにすぎないのにくらべると、スペインの音楽とダンスは、人間の感情を強烈に表現して、あますところがない。

スペインは、いまも、ラジカルな近代機械文明から遠ざかっている。それが意識的な

ものなのか、複雑な国情のなせるところなのか、それは、よく知らないが、人間の情念は、むかしのままに残っているような気がする。

ギターの伴奏によって、男女ダンサーが踏み鳴らす靴音は、現ブロードウエイのタップ・ダンスの比ではない。

上映時間は約一時間。これにも満足をして、外へ出た。

正月三ガ日の暖さは、新年早々から始める私の仕事の切先《きっさき》を鈍らせてしまったが、今日は寒い。

近く始まる二つの連載小説の題名が、なかなか、頭に浮かんでこない。私のように小説の先行きもわからず、ぶっつけに書くことが癖《くせ》になってしまった者には、連載小説の題名をつけるのに、いつも苦しむ。

T軒で、シェリーをのみながら生ガキ。ロース・カツレツを食べて帰宅して間もなく、S社のT君が来た。

旧作を文庫版にするについての打ち合わせだったが、文中に〔女中〕とあるのを〔仲居《なかい》〕にしてもらえないかという。

「どうして？　東京じゃ女中を仲居といわないよ」

「それが、このごろ、とても、うるさいのです」

「女中というと、何か差別しているようにおもうとでもいうの？」

「そうなのです」

「へーえ……」

私は呆《あき》れた。もっとも、日本の言葉と、社会の変化とが、近年はむすびつかないのだから、仕方がない。

私は〔仲居〕にしなかった。別の方法で文章をつくり、

「ほれ、これならいいだろう？」

「あ、結構です。なるほど……」

「これでは、うっかり時代小説も書けないねえ」

「いえ、小説ならいいのですが、これはエッセイですから……」

「ふうむ……」

「裏日本という言葉も、いけないらしいです」

「ははあ……」

これでは、軍国主義時代における官憲の検閲と同じようなものだ。現代は、「民衆が民衆を監視し、検閲する……」のである。

「怖くなってきたねえ」

「はあ……」

「御苦労さん。さて、シェリーでものもうか」

秘密

むかし、私が小学校の三年になったばかりのとき、谷中《やなか》の伯父の家へあずけられていたことがある。

これは、父と母の離婚により、浅草の母の実家に引き取られていた私を、父方の伯父が引き取って、面倒をみてくれることになったのだ。

伯父の家には、もっとも私を可愛がってくれた従兄がいたし、別に居心地が悪いわけではなかったのだが、何といってもも生まれてこの方、なじみの深い浅草のほうがなつかしい。それでまた、一年ほど後に、浅草へ帰って来てしまうことになる。

それはさておき……。

伯父の家には〔かねちゃん〕という女中さんがいた。

おっといけない。いまは〔女中〕などという呼び方は、たとえ、その下にさんがついていてもいけないのだそうな。

フランスなんかでも、タクシーの運転手も「ムッシュー」なら客も「ムッシュー」となり、カフェの給仕まで「ムッシュー」になってしまった。

こうした世の中になって、さて、その世の中がよくなったかというと、悪くなる一方なのだからどうしようもない。

階級制度を叩《たた》きこわして、自由、民主、男女同権の叫び声が高まる現在、得たものも大きい……のかも知れないが、失ったものも大きいのである。

しかし、私の脳裡《のうり》にあるかねちゃんは、あくまでも女中さんだ。

伯父夫婦は口やかましいが、自分のところで使っていた女中さんたちの嫁入り仕度は、みんなととのえて出してやった。

ともかくも口やかましいから、女中さんも、気がやすまらなかったろう。

それでも、時折は、夫婦で外出する。そんなとき、私が学校から帰って来ると、かねちゃんが待ちかねたように飛び出して来

て、

「正ちゃん。お願いですから、ヤキイモを買って来て下さい」

と、銭を出したものだ。

カギをかけて、自分で買いに行ったらよさそうなものだが、その留守に、もしも伯父夫婦が帰って来たり、電話があったり、客があったりしたら、大変なことになる。

むろんのことに、私は引き受けて銭を受け取り、ヤキイモ屋を目ざして駈けて行く。そうして、二人は、湯殿へ入り、こっそりとヤキイモを食べる。

「おいしいですねえ」

と、かねちゃんは目を細めつつ、たちまちに三本ほど食べてしまう。

そのころのかねちゃんは、二十二か三だったろう。色が白くて背丈の高い、大柄な、よくはたらくひとだった。

やがて、伯父夫婦や、美術学校へ行っていた従兄が帰って来て、夕飯がはじまる。

かねちゃんは、台所と座敷を行ったり来たりして、いそがしく立ちはたらきながら、私と目が合うや、だれにもわからないように軽くうなずいてみせる。私も、うなずき返す。

私は、大人の女のかねちゃんに信頼されているとおもった。なればこそ、ヤキイモを買ってきてくれとたのむのだとおもった。

（かねちゃんを、裏切っちゃあいけない）

と、そんなときには何か一人前の大人になったような気がして、おもわずニヤリとするや、伯母が見て、

「正太郎。何かいいことでもあったのかえ？」

「いや、何でもないよ」

「だって、いま、おもい出し笑いをしたじゃあないか。お前が笑うなんて、こんなめずらしいことはない」

「そりゃあの……この牛肉がうまいからさ」

「いやな子だよ」

田中冬二の世界

少年のころ、叔父の書架にあった〈山鴫《やましぎ》〉という詩集を何気なく手にとって見た。そのとき、私は初めて、田中冬二の詩に接したのだった。

ほとんど正方形の函《はこ》入りで、函は和紙をつかい、本の表紙は淡い灰色とブルーの市松模様だったようにおぼえている。

私は、たちまちに魅了され、間もなく、はたらきに出てから神田の古書店で〈青い夜道〉や〈海の見える石段〉を買いもとめた。もちろん〈山鴫〉も自分用に買って、

「お前、田中冬二がわかるのかい」

と、叔父に冷やかされた。

私は、十三歳だった。

十三だろうが、少年だろうが、田中冬二の詩がわからないような義務教育を受けたおぼえはない。田中冬二の詩は、だれにでもわかる。

ただ、その美しい叙情の世界に潜む田中氏の、人生に対する誠実と謙譲の姿が、当時の私には、さすがに看《み》てとれなかった。

それにしても、田中冬二の詩がうたいあげた日本という国は、何とすばらしかったろう。

たとえば〔海の見える石段〕の中の〔法師温泉〕では、先ず「山の向うは越後である。この山の湯に、味噌も醤油も魚も越後からくるのである」と、うたい、欅《けやき》や檜《ひのき》材をつかった古風な湯宿《ゆのやど》の夜、山が軒いっぱいにせまってきて、

「空が水のやうにうすしろくみえ、座敷座敷には赤いへりとりの紙笠を著《き》たラムプがともる」

と、ある。

私は、すぐさま、法師温泉という〔山の湯の宿〕へ飛んで行った。

いまは、変ってしまったろうが、当時の法師温泉は、まったく田中冬二の詩そのも

ので、田中氏が、

「谷の水をひいた厨《くりや》の生簀《いけす》に、鯉がはねました」

とある情景そのものだった。

その鯉の洗いが夕餉《ゆうげ》の膳《ぜん》にのぼり、せまい谷間《たにあい》の空いちめんに煌《きらめ》く星屑《くず》は、いつまで見ても飽きなかった。

深夜、ランプの芯を細めてから、ふとんの中へもぐり込むと、番頭が、火の用心の拍子木を、ゆっくりと打ちながら廊下をわたってくる。

私は、たちまちに法師温泉の擒《とりこ》になってしまい、暇ができると出かけて行った。そればかりでなく、田中氏の詩にしたがって、信州の諸方や飛騨を歩いた。

後に、小説を書くようになってからの私が、信州を背景にした素材を、われ知らず探って行くようになったのも、むかしの信州の旅が頭にこびりついて、はなれない所為《せい》かも知れなかった。

戦後、ことに近年の詩壇は、やたらに難渋な語彙《ごい》をもてあそんでいて、少しも感興をそそられず、たとえば〔日本詩人全集〕のようなものが編まれるとき、田中冬二は、いつも敬遠されてしまい、私はおもしろくなかった。

田中冬二がうたいあげた日本と、その風景が、いまは環境の激変により、かえって難解なものになってしまったのだろうか。ふしぎなことではある。

田中氏は銀行員として、つつましく、しかも誠実に仕事をしつつ、詩を発表しつづけ、しずかに世を去った。

ところが、このたび筑摩書房から〔田中冬二全集〕三巻が刊行されることになり、その一巻が出たので手に入れ、おもうさまにたのしんだ。

田中氏が生きておられたら、この全集を、どんなによろこばれたろう。

また、故三島由紀夫氏が存命ならば、さぞ満足のおもいをしたにちがいない。三島氏も田中冬二の詩を愛してやまぬ人だった。

記憶と連想

その日、起床して洗面所へ入り、歯ブラシを手に持った瞬間に、つぎのような歌詞とメロディが脳裡《のうり》に浮きあがってきた。

金色《こんじき》の槌《つち》　高く躍《おど》れば
山なす大船《おおふね》　音なくすべり
艦首《かんしゅ》に花降《ふ》り
白鳩《しらはと》舞い舞う
いま、いま、いまぞ生《うま》るる
海の勇士

あるいは一部、歌詞がまちがっているかも知れないが、メロディはハッキリおぼえていて、口にのぼってきた。

この歌は、小学校の唱歌の時間におぼえたものだが、卒業して以来、五十年間も唄っ

たこともなく、おもい出したこともない。歌の題名だけは、ついにおもい出せなかったが、たしか〔進水式〕というのではなかったろうか……。

数年前に、ある力士が土俵へあがろうとした途端、自分の担任でもなく、親しく教えられたこともなく、まったく忘れきっていた母校の女教師の顔が脳裡に浮かんできたそうで、

「どうして、あの先生の顔が、しかも、あんなときに頭に浮かんできたのか、ふしぎで仕方がないんですよ」

と、語っているのを何かで読んだおぼえがある。

記憶というものは、まさに、ふしぎなもので、脳裡の何処かに潜《ひそ》んでいた記憶が、何かの連想によって引き出されるか、その

ときの、肉体の生理、緊張、健康状態などによって呼び起されるのだろう。私の場合は、新しい仕事に取りかかろうとする前に、このような状態が起る。私にとっては、よい徴候なのだ。

年が明け、春から始まる二つの連載小説を書く日が近づいてきたので、頭のはたらきも、それに応じはじめたことになる。

洗面所を出たとき、私は、知らず知らず「サンフランシスコ」のメロディを口ずさんでいた。これも少年のころに観たアメリカ映画「桑港《サンフランシスコ》」の主題歌で、一度耳に入れただけでおぼえてしまったメロディだ。唄ったのはジャネット・マクドナルド、主演はクラーク・ゲーブル、共演スペンサー・トレーシーだった。

少年のころから二十歳ぐらいまでの記憶

は実に鮮明で、われながら、おどろくことがしばしばだった。これからも何かきっかけとなって、忘れきっていたつもりの記憶がよみがえってくるやも知れぬ。老年に達すると、それも、たのしみの一つになるし、また、私のような仕事をしている者にとっては、これこそ〔神の助け〕なのだ。

記憶と連想が頭から消えてしまった日の自分を想像すると、ぞっとなる。それは、もう自分が、仕事をすることができなくなったことを意味する。

私のように、むかしから、小説の行手《ゆくて》もわからぬままに書きはじめる作家にとって、記憶と連想が、ただ一つのたよりといってよい。

洗面所を出た私は、去年の暮れに買っておいた数枚のレコードをかけはじめた。

その日まで、聴く時間はたっぷりとあっても、気が重くて、聴く気分になれなかったのだ。

まだ一枚も書きはじめていない小説だが、どうやら気分が出てきたようである。

題名について

むかし、芝居の脚本を書いていたころには、その題名をつけるのに苦労をした。小説とちがい、一つの興行で昼夜の演目は四本だから、題名の重味は相当なもので、責任を感じたものだ。

そのころの、私の芝居の題名は、さしてよくはなかったけれども、あのときに苦労をした所為《せい》で、小説に転じてからは、割合に苦しまない。

しかし、最近は日本語の語彙《ごい》や語感が急速に変ってきた。私のように時代小説を書いているものにとっては、よくよく気をつけないと、読者にアピールしない。

外国映画でも、近ごろの若者たちに英語が行きわたっているので、原題そのままの題名が多くなってきて、中年以上のファンは「どうも感じが出ませんなあ」と、ためいきをついている。私もそうだ。

むかしは原題を直訳するにしても、また転題するにしても、各社の宣伝部は題名をつけるのがうまかった。たとえばジョン・フォードの名作〔男の敵〕の原題を直訳すると〔裏切者〕という味気ないものになってしまうが〔男の敵〕というのであればスケール

も大きくなり、語感にも、いろいろなふくみが出てくる。
グレゴリー・ペックがノイローゼの司令官を演じた〔頭上の敵機〕の原題は〔十二時の高度〕というのだそうで、これでは日本での上映に際して、商売になるまい。
フランス映画でも、デュヴィヴィエ監督の名作で、若きジャン・ギャバンが外人部隊の兵士を演じて日本のファンを大量につかんだ〔地の果てを行く〕の原題直訳は〔旗〕というのだから、どうにもならないが、小説ならば〔旗〕でも通用する。
ジャック・フェデーの傑作〔女だけの都〕の題名を直訳すると〔英雄の祭典〕ということになるのだそうで、これでは、あの映画の馥郁《ふくいく》たる味わいも、そして皮肉もきいていないけれど、〔女だけの都〕なら

ば、ぴったりである。

「地の果て……」にしろ「女だけ……」にしろ、実に、うまくつけたものだ。

いまの日本では、漢字を制限してしまったし、日に日に、語句が変ってきて、近いうちに、この前に書きのべた「女中」という言葉なども消えてしまうだろう。

そのくせ、私の小説でも、たとえば「鬼平犯科帳」の鬼平《おにへい》を「鬼平《おにひら》」と読んでいる若い人が少くない。

前に「黒白《こくびやく》」という題名で週刊誌連載をしたことがある。ところがこれは「黒白《くろしろ》」と読む若い読者が多かった。

つまり「こくびゃく」という語句がもつ意味とふくらみが、もう通用しなくなってきつつあるのだろう。

むかしは、題名をつけるたびに、近所の

中学生や高校生に見せて試《ため》したものだが、

「堀部安兵衛という人を知っているかい？」

と、訊《き》いたら、

「ええ。赤穂四十七士のひとりで、とても強い人でしょ」

こたえた高校生が、いまや中年になりかけて、頭の毛も薄くなりかかっているのだから、どうしようもない。

ところで、近く連載を始める私の時代小説の題名は、まだ決定したわけではないが、つぎのようなものだ。

「まんぞく、まんぞく」

さて、どんなものだろう。

酒

いまも、酒は毎夕欠かさずにのんでいるが、その分量たるや、急に、

「おはなしにならない……」

ほどに、減ってしまった。

日本酒ならば一合弱で、じゅうぶんである。それ以上になると、たとえ二、三時間の休憩を中にはさんだところで、仕事にさしつかえるようになってきた。

体調は、まことによいのだが、どうして酒量が急に減ったのだろう。私が鍼《はり》を打ってもらっているY先生は、

「背骨が若いときのようにもどり、体のぐあいがよくなったので、酒に対しても初心に返ったのでしょう。そんなに、一合で酔いますか？」

「いや、頭が痛くなってくるのです」

「ふうむ、なるほど……」

むかしから、私は前後不覚に酔いつぶれてしまったことがない。いや、たった一度あるが、そのはなしは後にのべる。芝居の仕事をしていたころ、一夜に一升のんでいたこ

ともあったが、

「あんたが、酔って、前後不覚になったところを、ぜひ見たいものですね」

などと、新国劇の島田正吾にいわれて、ある夜、二人して三升のんだことがあったが、大丈夫だった。翌日は二人とも、それぞれの仕事を平気でやった。三十年近くも前のことだ。

私が酔いつぶれないのは、亡き父が大酒のみで、酒のために一生をあやまったと信じていたからだろう。しかし、六十をこえたいまは、ただ酒のみが原因で、父が一生をあやまったとはおもっていない。

ともかくも若いころから、悩み事を抱えていたり、屈託していたりするときは、決してのまない。のんでも、うまくないからだ。

「だから、君は、酒の真髄がわからないんだ」

と、大酒のみの友だちにいわれたが、私にとって、酒の真髄は、愉快にのむの一事につきる。

十八、九のとき、友人二人と、浅草の千束町の小料理屋で、夕方からのみはじめたことがある。このときも愉快にのんだわけだが、二、三軒まわったことまではおぼえていても、その後がわからなくなってしまった。

翌朝、私は、夏草の中に寝ていた。目ざめて、そこがどこなのか、すぐにはわからなかった。

着物も手足も露に濡れて、泥だらけになっている。

半身を起すと、何だか、山のようなもの

が見えた。

立ちあがって、よろよろと歩き、場所をたしかめたら、何と、中央線の浅川駅の裏手だったのである。浅川は八王子の二つ先で、いまの高尾駅がそれだから、山も見えるわけなのだ。

狐に化かされたような気もちだったが、おもわず、ぞっとしたのは、身につけていた着物の左の袖《そで》、たもとのあたりが鋭利な刃物で切り落したように、消えているのを発見したときだった。

このときは、ほんとうに酒が怖くなってきた。

東京へもどり、前夜、共にのんだ友人たちに尋ねると、

「君は、大勝館（浅草の映画館）のところで、一足先にごめん、といって、さっさと帰って行ったのだよ」

と、いう。いわれても、わからなかった。いまもって、わからない。つまらないことかも知れないが、この一夜の出来事は、私の酒に対する考え方を相当に変えた。

時間について㈠

二十歳前後の私は、人づきあいのよい男で、多くの友人と食べたり飲んだりすることを面倒におもわなかった。

これは気学でいうと、生まれ月の星が〔三碧《さんぺき》〕の所為《せい》かも知れない。

〔三碧〕は若者の星で、よくしゃべるし、唄うし、喧嘩もするし、ともかくも気が短く、さわがしいところがある。

ところが、大人になるにつれ、生まれた年の星が、しだいに影響を強めてくるらしい。

私の生年の星は六白《ろっぱく》である。そのためか、終戦後の私は頑固になったらしく、容易に妥協しない男になってしまった。それが、また変ってきて、自分でも生きていることが、

（楽になってきた……）

と、感じたのは、四十を越えてからだ。

つまり、人と争わなくなったからだろう。

戦後の私は、自分でおもってもみなかった文筆の仕事をするようになった。

はじめは劇作、つぎに小説というわけだが、敗戦後の虚脱状態から、ようやくに立ち

直り、自分がすすむ道をこれ一つと決めたのだから、生来、亡父ゆずりの怠け癖《ぐせ》が強い私も、初一念を、どこまでも迷わず、今日までやって来た。

この道へ入ってからの私は、めったに〔約束〕ができなくなった。いや、しなくなった。ともかくも仕事に打ち込んでいれば、どうしても、つきあいの時間がとれなくなる。

気をはらすのも、自然に時間の余裕が生まれたとき、だれにも気をつかわず、ひとりでするのがもっともよい。約束をして、これを破ったりすると、相手も迷惑をする。

むかし、長唄の和歌山某という人は、自分の芸を磨くため、友人をひとりもつくらず、したがって、つきあいもしなかったということを耳にしたことがあるけれど、私

は、それほど極端ではない。

つまるところは、私の場合、原稿を早目早目に仕あげておき、自分だけの時間をつくり、のんびりと街を歩いたり、好きな画を描いたり、映画を観たりするために、つきあいの時間を減らすということだ。これまでに一度だけだが、原稿が〆切ぎりぎりになったことがあり、そのときの苦しさをおもうと、

(もう二度と、〆切には追われたくない)

と、考えている。

一生のうちに、自分の時間をどのようにつかったらよいのか……それはまた、他人の時間についても考えることになる。何となれば、人の世は相対《あいたい》の世の中だからである。

亡師・長谷川伸は、大阪へ旅行中に〔荒

木又右衛門」の新聞連載を三回分書いて東京へ送り、

「これで、挿画の木村荘八さんに迷惑をかけずにすむ」

と、むかしの日記に書いている。

いまもって私は、先生の、この日記の一節が忘れられない。

挿画を担当する画家は、小説の原稿を読んでからでないと筆をとれない。そこのところを、長谷川師は新聞社につとめていたこともあっただけに、よくよく、わきまえておられたのだろう。

たとえば、一つの出版社の中の、それぞれちがう雑誌からたのまれた原稿が前もって書きあがっていれば、一人の編集者に、ついでながら、二つの原稿をわたすことができる。私のほうも楽だが、向うも時間がムダにならない。なかなか、おもうようにまいらないが、努めてそうしている。だから、飛び入りの仕事というのが、どうしてもできにくいのだ。

時間について(二)

四、五年前のことだが、若い友人がやって来て、
「結婚したい相手が見つかったのですが、どうも、いま一つ、物足りないところがありまして……」

と、いう。そこで私が、

「向うだって、君のことをそうおもっているよ。それで君は、相手の女《ひと》の何処が、もっとも気に入ったの？」

「いそがしいのに、約束の時間を、きちんとまもることです」

「上出来。それでいいよ。一つだけでもいいところがあれば充分だ。あとは君しだいで、よくもなれば悪くもなるのさ」

彼は結婚した。いまも円満にやっている。

若い女が約束の時間をまもるということは、男の場合よりも骨が折れるものなのだ。

先ず化粧、整髪、服装と、身仕度に相当の時間をかける。それを、段取りよくしておき、約束の時間をまもるというのは、当然のことのようでいて、いまは、なかなかにむ

ずかしい世の中になってきた。

それができるのは、彼女が、彼の時間について考えおよぶからで、約束の時間をまもらぬ人は、相手の時間が、どれほど大切なものかをわきまえぬからだ。

約束も段取り。仕事も生活も段取りである。

一日の生活の段取り。

一カ月の仕事の段取り。

一年の段取り。

段取りと時間の関係は、二つにして一つである。

いまの私が、どうやら、自分の段取りをつけられるようになったのは、戦争中に徴用され、芝浦の工場で旋盤工をしていたときの経験が基本になっている。

私は当時、航空機の精密部品をつくって

いた。先ず図面をわたされる。このとき、たっぷりと時間をかけて図面を見る。読む。そして工程の段取りを考え、決める。

　このときの段取りを間ちがえると、製品は失敗するか、または工程の途中で長い時間をかけて「まわりみち」をしなければならないことになる。

　もともと、私は何事につけ、段取りが下手な男だった。

　私は、理論的に物事をすることができない。すべて、勘のはたらき一つにたよる。

　だから、製品の図面を見るときも自分の勘で決めた。むろんのことに、はじめは失敗が多く、われながら呆《あき》れ果てたほどだった。

　生活の段取りも、脚本、小説を書くときの段取りも、すべては、四十何年か前の徴用工の経験があればこそ、何とか工夫がつけられるようになったのだと、いまにして、しみじみとそうおもう。

六十を越え、先行きも、さして長いものではなくなった現在、私のたのしみは二つある。

一つは、画を描くことの、たのしみ。

一つは、いまよりも一層、生活と仕事の段取りを工夫することの、たのしみである。

そして、いつか、自分が死ぬときの段取りがうまくつけられるようだったら、申しぶんがないのだけれど、これればかりはむずかしい。

何となれば、未経験のことだからだ。

ともかくも、段取りと時間の工夫をして、自分の勘のはたらきを、更によくしたい。

私の、勘のはたらきは、まだまだ未熟だからである。

日本一の……

めずらしく風邪をひき、十日ほど寝込んでしまった。

それはいいのだが、風邪が癒《なお》った後も、ベッドにごろごろしているだけの無為《むい》の日がつづいた。

こうなると私は、自分で自分がどうしようもなくなってしまう。

何をする気も起らない。

私という男の本質は〔怠《なま》け者〕なのである。

「いや、そんなことはない」

と、いってくれる人もいないではないだろうが、自分の本質は、だれよりも自分が知っている。

私は子供のころ、共に暮していた母方の祖母から、

「日本一」

という渾名《あだな》をもらった。

つまり、

「日本一の怠け者」

だというのである。

さらに、

「日本一の無器用者」

という意味もふくまれていた。

祖母が、こんな渾名をつけるのもむりはない。

小学生のくせに、学校から帰って来ると、冬ならば炬燵《こたつ》へ入って居眠りをするのが無上のたのしみで、こういうところは亡父そっくりなのだ。そのくせ、気が向けば何時間でも外で遊ぶ。私は子供ながら、祖母のいうことを、もっともだとおもった。

無器用の点でも、人後に落ちない。

前に書いたことだが、太平洋戦争中に徴用され、旋盤工になったとき、一緒に入った人たちが、たちまちに機械の操作をおぼ

え、製品を仕上げるのを見ながら、私は一向に要領を得ない。

劣等感というものを身にしみておぼえたのは、このときだ。

あまりに無器用な自分に呆れ果てて、指導員のMさんに、

「どうして私は、こんなに無器用なんでしょう」

と、いったら、徴用される前は小さな町工場の主《あるじ》だったというMさんは、

「いや、無器用がいいんだよ」

と、いう。

「どうしてですか？」

「職人は、無器用がいいんだ」

無口なMさんは、そういったきりだが、どこまでも辛抱強く、私を指導してくれた。

ところで……。

私の家では、下北沢の〈アンゼリカ〉というパン屋さんのパンを食べているが、そこの若主人の林大輔君が少年のころ、神戸の有名な〈ハリー・フロインドリーブ〉というパンの店へ修業に出た。

大輔君は、初めてフロインドリーブへ行ったとき、ドイツ人の店主に、

「私は無器用ですから……」

と、いったら、店主が、

「無器用、大いに結構。それを自分でわきまえているのなら大丈夫。パンの職人は無器用でなければ、ちゃんとした仕事をおぼえません」

と、いったそうな。

どうやら、無器用のほうは、それでも望みがあるらしいけれども、怠け者のほうは、どうにもならない。

いま、この稿を書いて、ようやく、私にもエンジンがかかったようだ。

コレクション

私は、東北地方の郷土人形〔こけし〕を五十本ほど持っている。その中には〔こけし〕ファンがよだれをながしそうな品もあるそうな。

しかし、わが家の〔こけし〕の大半は、私がコレクションしたものではない。

父方の従兄で、太平洋戦争で戦死した小林重太郎の遺品なのである。

小林の伯父夫婦にとって、従兄は一人子《ひとりご》だったから、伯父夫婦の悲嘆はいうまでもなかった。結婚の相手も決まっていたという。

終戦直後の一時期、私は伯父夫婦の家に寄宿していて、夜ふけのとなりの部屋で伯母がすすり泣く声と、伯父が、

「いまさら、くよくよ考えても仕方がないじゃないか。あきらめるんだ、あきらめるんだ」

と、自分に、いいきかせるがごとくいうのを耳にしたことがある。

この従兄は、私が幼少のころから、私を自分の弟のように可愛がってくれた。

この人は、私の一生に抜き差しならぬ影響をあたえてくれた。

私が、芝居の世界で仕事をするようになったのも、そのころはすでに亡くなっていた従兄から受けた影響が大きい。

従兄は美校を出て、商業美術の方向へすすみ、すぐれたデザイナーとなった。

従兄の戦死は、いくら「あきらめろ」といわれても、伯母として、あきらめきれなかったにちがいない。

「お前、重太郎のこけしを引き受けておくれでないか？」

と、伯母が「こけし」を運んできたのは、いまから三十年も前のことになる。

いまは伯父夫婦ともに、この世の人ではない。

ほかならぬ従兄の遺品だけに、私も、なつかしく、応接間の棚にならぶ「こけし」を見るたびに、亡き従兄の顔を想い浮かべ

る。芝居好きの従兄が、もし生き残ってい て、私が書いた芝居を観たら、どんなによろこんでくれたろう。

先ず、こうしたわけで、私も東北地方へ旅行するたびに、二つ三つと「こけし」を買って来たこともあった。いつの間にか、五十本もの「こけし」がならぶようになったのである。

私のコレクションというのは、この「こけし」ぐらいのものだ。

私は「コレクション」に全く興味がないし、骨董《こっとう》の鑑賞にも無縁である。

それというのも、一つには太平洋戦争の後遺症が残っているからだ。

この世の中に、どんなことが起っても不思議はない。

個人の人生なんていうものは、恐ろしい

動乱、人災や天災の前には、ひとたまりもない。いまの若い人には実感がわくまいけれど、その事実を、まざまざとわが眼にたしかめた者にとって、あのときの衝撃は生涯、ついてまわる。

「あなたは、世の中の将来について、悪いほう、悪いほうに考えるのですね」

と、ある人にいわれたが、たしかに、そのとおりだ。

けれども、私は自分の胸の底にひっそりと横たわる想いを、他人に押しつけたことは一度もない。

われからすすんでのコレクションは、一生やらないだろう。

傷

二年ぶりに痛風の発作が出て、左足が腫《は》れあがった。靴が履《は》けないから外出ができない。

ようやくに、サンダルが履けるようになったが、まだ痛みは消えない。

しかし、どうしても観たい試写があったので、ステッキをつき、サンダルの足を引きずって出かける。みっともないが、仕方がない。

そうした自分の姿が、銀座の店のウインドーのガラスに映るのを見ているうちに、

(そうだ。あの傷痕《きずあと》は、どうしたろう。まだ、残っているかしらん)

と、おもい出した。

半世紀前の、夏の或日のことだが……。

小学生だった私は、休み時間に自分の下駄箱の中の、手工用の切り出し小刀《こがたな》を取りに行った。母が研《と》ぎに出したのを受け取り、下駄箱の中へ入れておいてくれることになっていたからだ。

小刀はあった。鞘《さや》をはらって見ると、いかにも切れ味がよさそうに研げている。

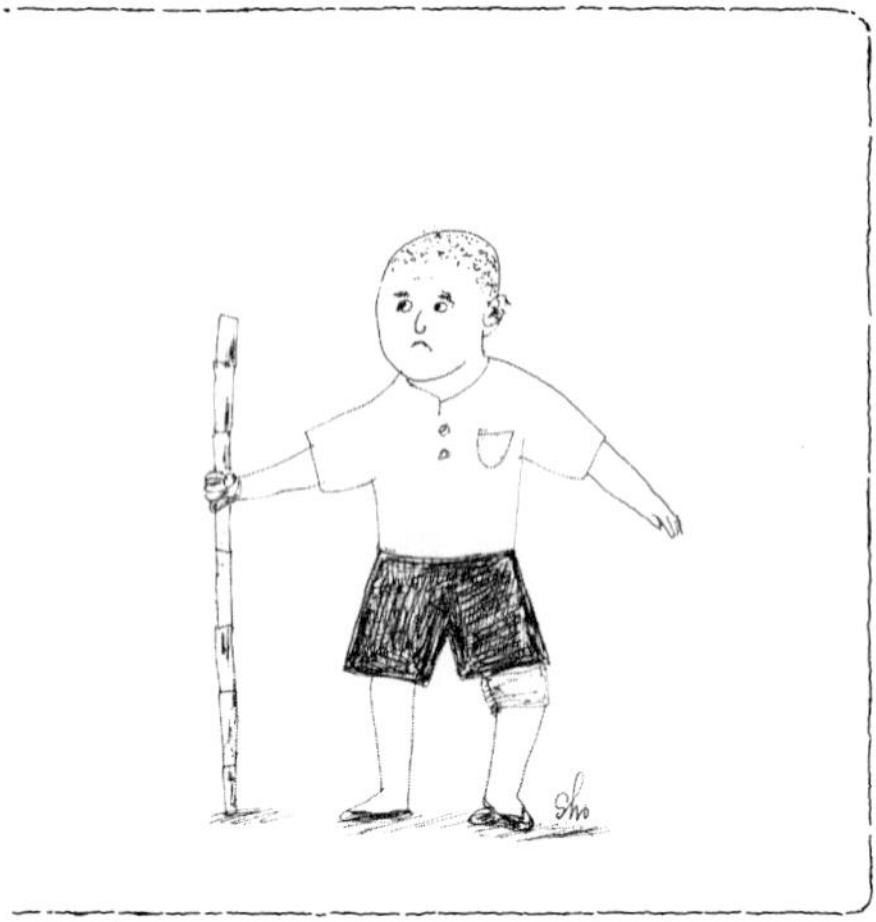

私は大よろこびで、左手に鞘を持ち、右手に切り出しを持って駈け出した。

とたんに、走り出した私の右の太股の裏側を、右手の切り出しの切先が突き刺した。何と、ばかげたことだったろう。

「あっ……」

私は、新選組に斬られた勤王の志士のような叫び声をあげ、運動場へ倒れた。

みんなが駈けつけて来た。

「どうした、しっかりしろ」

担任のT先生が走って来て、私の太股を押えた。先生の白い手袋がたちまちに赤く染まった。折しもT先生は手に湿疹《しっしん》ができて薄手の白い手袋をはめておられたのだ。

友だちに、学校内の医療室へ運ばれた。校医のM先生が五針縫ってくれ、

「一週間ほど、休みなさい」

と、いうではないか。私は内心、しめたとおもった。

　つぎの日、私は公然と学校を休んだ。

　家のとなりの友だちが、お見舞いとして竹の杖をもって来てくれた。

「こいつは何よりだ。いっしょにおいでよ」

　私は、竹の杖をつき、その友だちと共に、上野日活館へ、チャンバラ映画を観に出かけた。つぎの日も、つぎの日も浅草の映画館へ、杖をひき、足を引きずって通ったのである。

　私の躰《からだ》には、他にもう一つの傷痕がある。その一つもまた切り出しによるものだ。これは、自宅で、叔父（母の弟）が鉛筆を削っている前で、私がさわぎ立てていたものだから、叔父が「うるさい!!」と、私を叱って、切り出しの柄《つか》で机を叩いたら、刃が柄から抜けて生きもののように飛んできた。そして、私の左の太股へ命中したのだ。叔父は顔面蒼白となり、私を担いで、近くの医者へ走った。

前のときの、一年ほど後のことだ。

医者は、四、五針縫って、休校の証明書を出してくれ、母が学校へ届けた。

つぎの日、私は、おとなしく寝ていた。

つぎの日も寝ていたが、三日目には我慢ができなくなり、なつかしい竹の杖をついて、浅草の映画館へ足を引きずって行った。

さて……。

痛風の足を引きずって試写から帰り、入浴したとき、二つの傷痕をあらためて見た。前の傷は、ほとんど消え、後のほうは、まだ残っている。

バッグ

私は、いつから大小のバッグを持つようになったのだろう……。

むかしは、こんな邪魔な物を抱えて外へ出ることなぞ、なかったといってよい。

それにしても、つかいやすいバッグはなかなかに見つからぬ。

(今度は、よさそうだ)

と、おもい、新しいバッグを手に入れても半年ほどすると、また、新しいのに目を向ける。

つかわなくなったバッグは、私のところへ来る若い人たちにあげてしまう。

いま、私がつかっているのは、パリへ行ったとき、向うに住んでいる知人のK氏が、

「使いふるしですが、お気に入ったのなら、さしあげましょう」

気前よく下すった、ドイツ製のものだ。

このショルダー・バッグは、革と防水加工の布でつくられてい、軽くて丈夫で、中は三つに区切られ、そのスペースがひろくて、実に使いやすい。

この中に入っているものは、先ず、映画試写の案内状の束である。つぎに予備のタバ

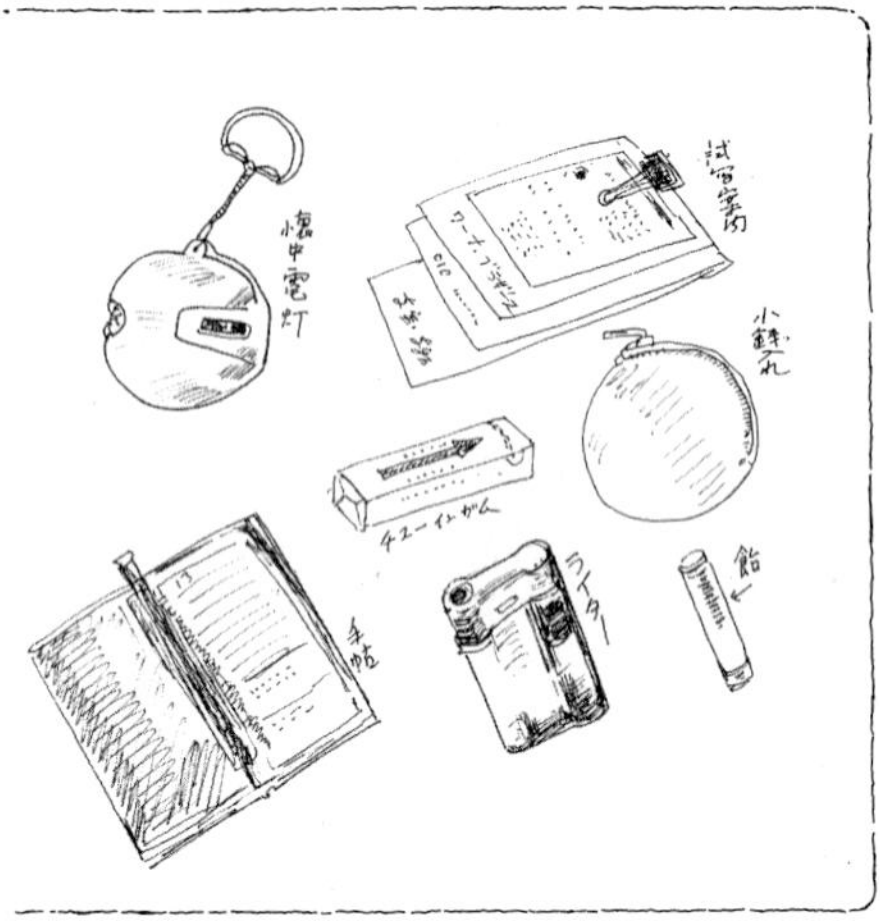

コ、チューインガム、小銭入れ、試写室用の小さな懐中電灯、手帖などだ。ときには小型カメラも入れる。

　これらの品物は、別にバッグの中へ入れておかなくても、たとえば試写の案内状などは、その日に必要な一枚をポケットへ入れておけば、それですむ。

　しかし、男も齢《とし》をとると、そうはいかない。

　何となれば、物忘れがひどくなるからである。

　外出の前夜に、バッグの中さえ点検しておけば、間ちがいはない。ゆえに、ポケットへおさめる財布も一応はバッグの中へ入れておく。

　バッグも、近ごろは、さまざまなデザインと、素材がおもしろい品物が出まわって

きて、何処へ行っても、バッグが目につく。

　全部が革製のバッグは、重くて使いにくい。年寄り向きの、気がきいたバッグは、なかなか見つからない。

　布やゴムになると、どうしても安っぽくなるし、その点、いま使っているドイツ製のバッグは申し分ない。ショルダーと手提げの両用になっているのも私向きだ。

　このバッグを使わぬときは、大きな紙袋の中へ、小さなゴム製のバッグをほうり込んで出かける。

　夏になると、私は自分がデザインしたベストをシャツの上へつけるが、これには、たくさんポケットをつけてある。つまり、バッグのかわりなのだ。

　外国へ行くときなどは、別にバッグは持たぬ。荷物を一つでも減らしたいからだ。

たとえば、空港で買ったタバコを入れてよこすビニールの袋なんかが、もっとも使いやすい。その中へ小物もカメラもみんな入れてしまう。

旅をしているときの私に、物忘れはない。

旅行中は、全く仕事のことを考えないので、その日その日の細かいことにまで気がつくし、いつも、同行者が二人ほどいて、面倒なことを引き受けてくれるから、自分のことだけを考えていればよい。

いずれにせよ、年寄りのバッグは、物忘れをしないために存在するのだ。

車椅子

めずらしくひいた風邪は、ほとんど癒《なお》ったつもりでいたところ、突如、咳《せき》と共に喀血したものだから、念のため、入院することにした。

病気で入院というのは、生まれて初めてのことだった。

治療と共に、全身の精密検査を念入りにしてもらうことになった。

春から、二つの新連載（小説）が始まるので、入院が長引くことも考え、しかるべく処置しなくてはならない。

それやこれやで、入院したのは四日後だが、入院生活も、なかなかにいそがしい。

早朝六時からの検温に始まって、血圧、食事、服薬、各種の検査などで、たちまち、一日が終ってしまい、夜の九時には睡眠薬をのみ、ぐっすりと眠る。

私の病気は気管支炎と、おもわれたが、もっと重い状態であることも考えられる。

そこで、気管の検査をしたわけだが、これは相当に強《きつ》いということで、当日、その時間の前に右肩へ注射を打たれる。麻酔の注射だろう。さらに喉へも霧状の麻酔をする。

ベッドをはなれるとき、看護婦が車椅子をもってきた。

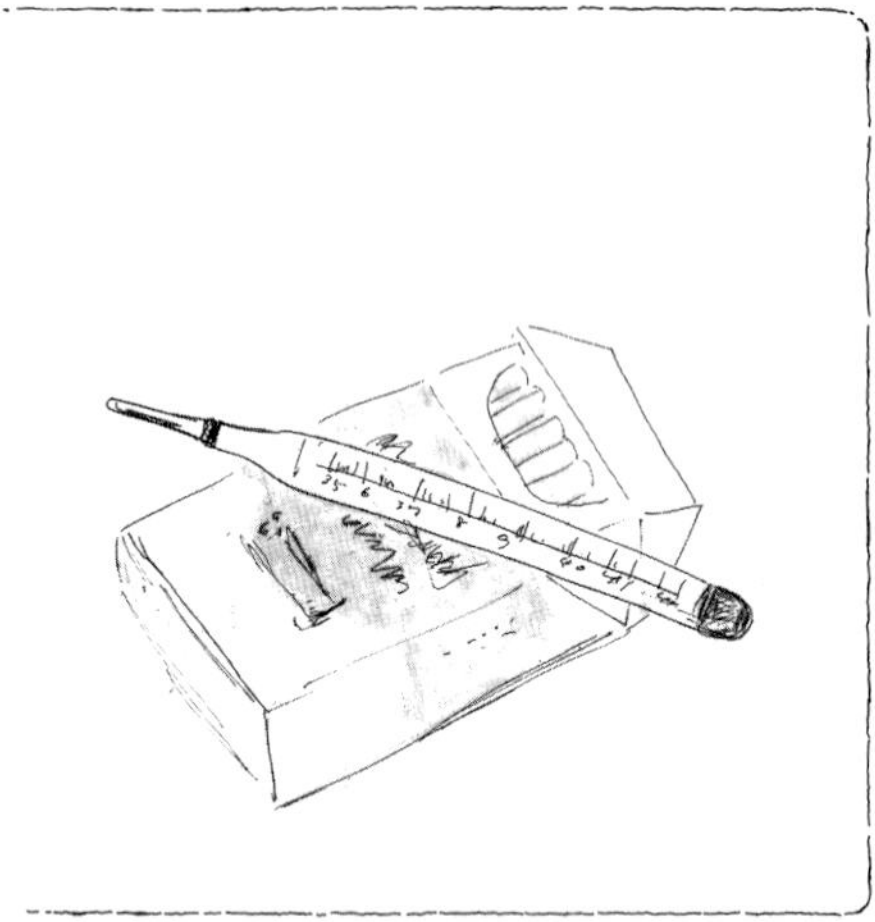

（大形《おおぎょう》な……）

と、おもったが、車椅子へ乗るのも初の経験だ。

なるほど、気管の検査は強《きつ》かったが、おもったほどでもない。検査をする専門の医師、看護婦、いずれも慣れていてうまい。

また、車椅子で病室へもどったが、そのとたんにロレツがまわらなくなってしまった。

折しも見舞いの友人が二組ほどいたので、それへ、はなしかけようとするのだが言葉にならず、手足も自由を失って尻餅《しりもち》をつく始末である。麻酔がきいているのだが、それを知らぬ見舞客は、私の頭の血管が切れたのかとおもい、青くなった。

検査の結果で、まさに気管支炎であることがわかった。原因はタバコの吸いすぎに

きまっている。

「やめるべきです。どうしても、やめられないのなら、一日十本が限度ですよ」

と、担当のS先生に釘を刺されてしまった。

退院してから、今日で六日目になるが、一日に十本のタバコで充分だ。なんとかやれそうだし、できれば、やめたい。

人間の躰《からだ》は、実に、丈夫で、うまくできている。同時に、たとえようもなく脆《もろ》い。

このことが、入院してみると、よくわかる。

S先生にもいわれたが、六十二歳の私の躰については、

「いまが、手入れをする最後の機会……」

なのだろう。

私の師匠・長谷川伸は、連載小説をあま

り書かなかった。もしも病気になって、小説が中断するときのことを考えてのことだったらしい。

長谷川先生のようにはまいらぬだろうが、私も、そろそろ考えなくてはいけないのかも知れない。

さいわいに、他の臓器に異状はなく、食欲は入院前よりも旺盛になった。

しかし、この十五年間の中で、

(いまが、もっとも体調がよい)

などと、うぬぼれていたとたんに、このありさまだ。

われながら、あさましくなる。

食日記

退院して、約半月ぶりに日記をつけた。私の日記は三年間連用のもので、毎日、食べたものを記してあるのみだ。

これは何も、食べものに執着《しゅうじゃく》をするからではない。

私の仕事が居職《いじょく》のこととて、家人が日々の食事を何にしたらよいか困ってしまうところから、日記に書いておく。

春なら春、秋なら秋の項を引いてみれば過去の十五年の記載があるから、たちどころに、

「これとこれにしよう」と、決まる。

食事の記録だけの日記なのだが、それだけで、当日の出来事までおもい浮かぶのは、ふしぎなほどだ。

ところで、私は今日の日記に、

(朝)　コーヒー、ベーコン・トースト。

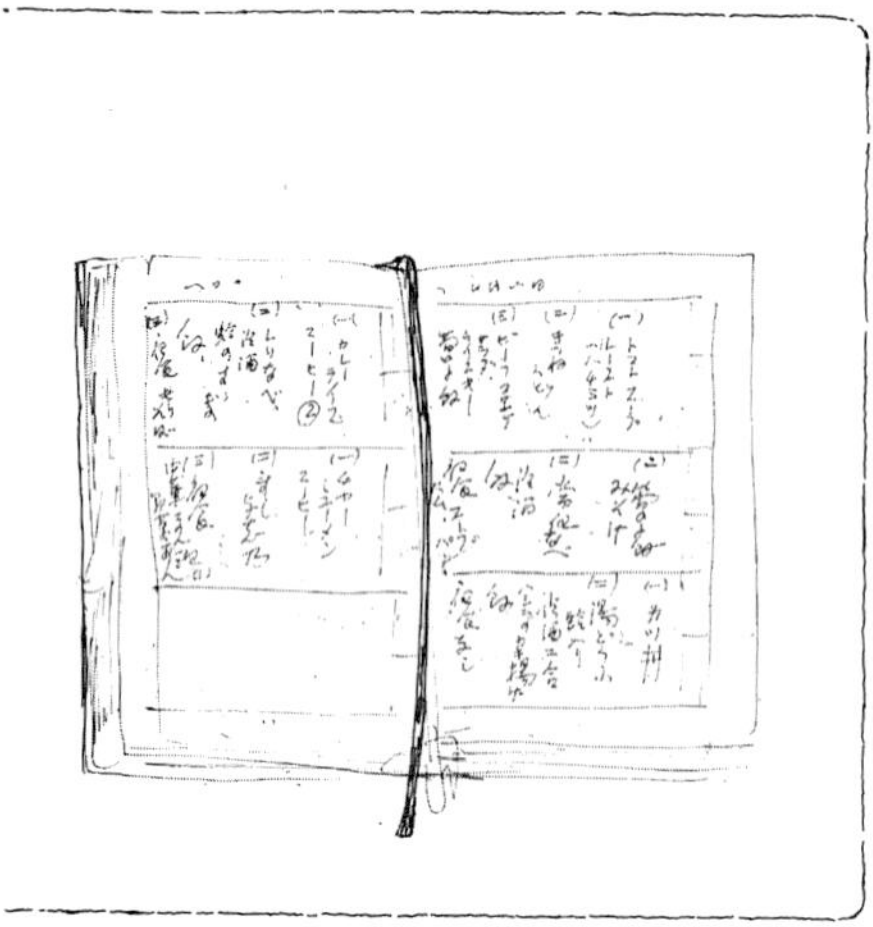

（昼）　マカロニ・グラタン（ハムとタマネギ）とパン一片。

（夕）　焼豚（手製）、Mの冷ポテト・スープ、ウイスキー水割り、アジの干物、飯一杯、千枚漬。

と、記した。病後、また、ウイスキーがのめるようになったのだ。しかし、タバコは懸命に自制している。

そこで、去年の今日を見ると、

「㈠タマネギ味噌汁、炒り卵、やきのり、飯㈡ロース・カツレツ、野菜サラダ、ウイスキー、煮〆、赤飯」と記してあるのみなのだが、この日の午後に、長年のつきあいをしてきたMが訪ねて来て、語り合ったことをおもい出した。

Mは私より十も年下で元気一杯のはたら

きざかりだった。それが、一カ月後に急死してしまった。一カ月後の当日の日記を見ると、さすがに食べたものの記載はなく、「Mの急死、愕然《がくぜん》たり」の、一行があるのみだ。

一昨年の今日は、起きてすぐにコーヒーとバター・トースト二枚を食べ、ワーナーの試写室で、老監督フレッド・ジンネマンの新作〔氷壁の女〕を観ている。

ワーナーの宣伝部の早川君が、

「どうでした？」

「いいな。ぼくは、このジンネマン大好きだけど、異論もあるだろうね。しかし大したものだ。七十をこえて、これだけの映画《もの》をつくるのだからね。ぼくなんか、もうダメだよ」

「いや、まだまだ、当分は大丈夫です」

なぐさめてくれた彼の言葉、その声まで、おもい出した。

しかし、食日記も、そろそろやめようかとおもう。

このようにして、日記を見て、おもい出を手繰り出すたびに、齢《とし》をとると、あまりよいおもい出も少くなってくるからだ。

現に、退院後は一日おきに血圧をはからせ、これを記している始末だから、どうにもならない。

そこで、

「食日記も、やめようかとおもう」

と、家人へ洩らしたら、

「いえ、やっぱり、つけておいて下さい」

「どうして？」

「やっぱり、便利ですから……」

家人も、年毎に記憶力がおとろえて行くものだから、この日記にたよるところも多いのだろう。

十年前

前回は〔食日記〕について書いたが、ついでに、十年前の〔食日記〕を書架の片隅から引き出して見た。

十年前の私は、五十二歳である。いうまでもなく、当時の元気さは、いまの私から消えている。

ただ、十年前には七十キロあった体重を、現在、六十一キロまでに減らした。食事ではなく、これは鍼《はり》の治療を長くつづけ、背骨の間に喰い込んだ肉を除《と》って、背骨を伸ばし、筋肉をやわらかくしたのだ。

十年前の私は肥えてもいたが、よく食べたし、風邪ひとつ引いたことがなかったけれども、翌々年（すなわち八年前）には、痛風、坐骨神経痛、足の捻挫《ねんざ》を何度も繰り返し、一年のうちの半分はステッキをつくことになる。いまにしておもえば、それが気学でいう衰運の第一年目だったが、私が鍼の治療をはじめたのは、その年からだから、もう八年にもなる。何事も長くつづけなくては効果もあがらないのだ。

さて、十年前の、いまごろ、私は某週刊誌にたのまれ、一週間の自分のメニューを書

いて出したところ、この採点をした西丸震哉氏から、栄養学でいう理想的な食事で、
「ケチのつけようがない内容」
だと、ほめられたことがある。

当時は、夜食も欠かさなかった。生卵ともりそばにウイスキーのオンザロック二杯とか、ベーコン・エッグにトーストとか、マカロニ・グラタンにパン二片、または豚肉のヤキソバにアップルパイなんていうのもある。仕事もしたが、昼ごろに目ざめ、いきなり、ロース・カツレツを食べたりしている。

十年前の、今日のメニューを見ると、

㈠昼ごろに、カブの味噌汁、牛肉薄切りバター焼き、香の物、御飯二杯。

㈡夕方に、筍《たけのこ》と鶏肉のうま煮、鯛《たい》の刺

身、サラシクジラの酢味噌、御飯、

清酒二合。

㈢夜食に、スープ、ハム・エッグ、フランスパン少々。

とあって、いまの私の食事量は、この半分ほどだろう。

西丸氏も、ほめてくれたあとで、

「運動量が少い」

と、指摘されている。

いずれにせよ、この翌々年あたりから、私の躰《からだ》にもいろいろと悪いところが出てきたわけだ。

当時は、くびすじのあたりも固く肉がついていて、ネクタイをしめるのが苦痛でならなかったが、いまは細くなり、肉づきもくたくたになるほどやわらかい。

地下鉄の階段をあがるときも息切れがして、いっぺんにはあがり切れなかったものだが、いまは、かなり長い階段でもさっさとあがってしまう。

そのかわり、ちょっとタバコを吸いすぎれば風邪、気管支炎となってしまうのだから、十年前のような無理がきかない。

十年前には、まだ年に二、三度は芝居の脚本・演出もやっていたし、われながら精力的に仕事をしていたものだ。

十年前といえば、たしか、天皇・皇后がアメリカへ行かれた年で、貴ノ花の初優勝に兄の二子山が泣いた年である。それを想うとき、いまさらながら光陰の速さを感じぬわけにはいかない。

名刺

先ごろ、久しぶりで名刺をつくった。

名刺は上質のケント紙で、鮮明な活字にかぎる。私のような仕事をしている者でも、ときには名刺の必要もあり、二、三年に一度は、あつらえることになるが、そのたびに、おもい出すのは、およそ半世紀も前に知っていた帝大（現東大）の学生さんのことだ。

当時、私は、小学校五年生の子供だった。

私の住居にも学校にも近い上野公園へは、それこそ毎日のように遊びに行ったものだ。上野の不忍池の彼方には、帝大の建物が望まれる。帝大の学生たちと美校の生徒の姿は、上野公園によく見かけた。

或日。私は、帝室博物館前の広場に坐り込み、クレヨンで写生をしていた。

夢中になって描き終えると、背中のあたりで、

「子供の絵はいいなあ、その絵を、ぼくにくれないかなあ」

と、私にはなしかけてきた帝大の学生さんがいる。その人の名前、何といったか……姓は忘れた。名前は、リョウタロウとおぼえている。

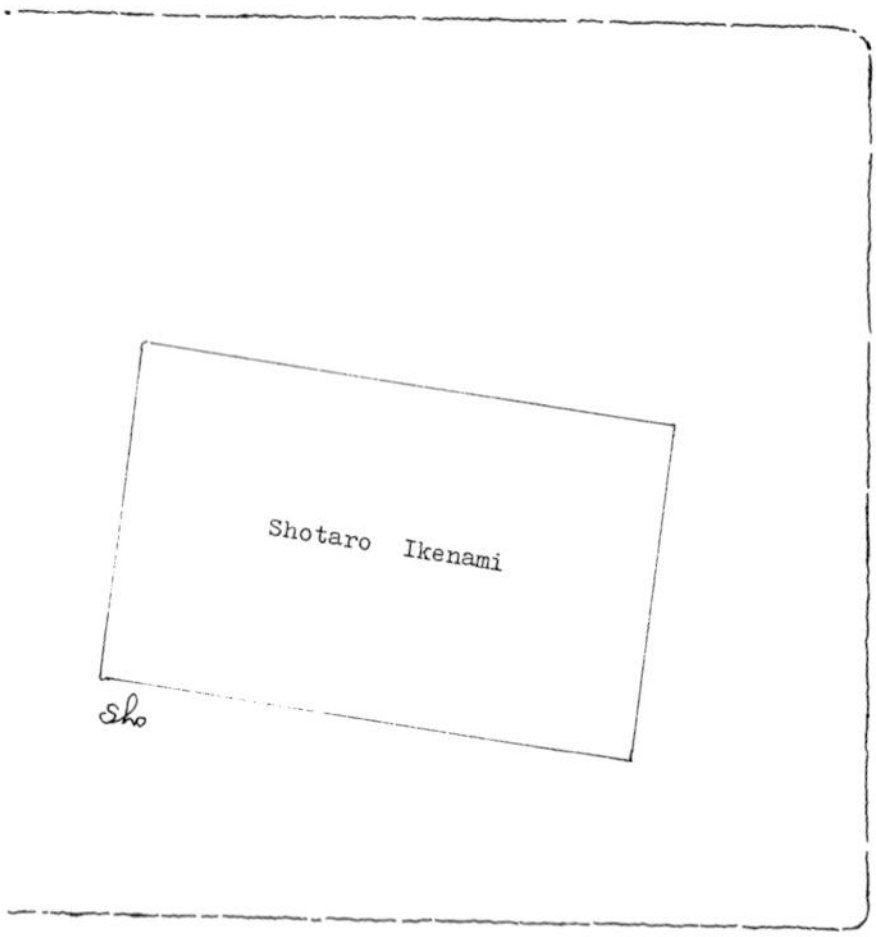

「ほしけりゃ、あげるよ」

「いいのかい。うれしいなあ」

「どうするの？」

「ぼくの部屋へ飾っておく」

といわれ、私は、すっかり照れてしまった。

「お礼に、アイスクリームを御馳走しよう」

と、学生さんは、精養軒の大きな庭でやっていたパーラーへ案内してくれた。

このときから、私たちは友だちになった。友だちといっても、こちらは十歳の子供だし、当時の大学生は、もう立派な大人だった。

「今度の土曜日に公園へ来るかい？」

「ああ、来るよ」

「じゃ、そのとき会おう」

こうして何回か会った。向うは何で、私のような子供と会う気になったのだろう、よくわからない。

あるとき、

「君の名刺をつくってやるよ」

と、学生さんはいい、手にしていたケースの中から小型の英文タイプライターを出し、精養軒のパーラーのテーブルの上へ置いた。

カードをはさみ込み、

「Shotaro Ikenami」

と、打ち込んでゆくのを、私は眼を輝かせて見まもった。

「十枚でいいかい？」

「うん」

この学生さんと会わなくなったのは、どうしてか、おもい出せない。きっと、約束した日に向うが来なかったのだろう。ともかくも、その後、上野公園で、この人の姿を見かけなかったことはたしかである。

　私は、この英語の名刺を、まるで宝石のように大切にした。小学校六年のときに、おもいきって近所の印刷屋で自分の名刺をつくり、〔西町尋常小学校六年生〕と肩書きをつけた。これも私の秘密の宝物だったが、英語の、しゃれた名刺にはおよばなかった。

私は、百枚もつくった名刺を、だれかにやりたいのだが、はずかしくてはずかしくて、たしか一枚もやれないまま小学校を卒業してしまったようにおもう。あるいは三、四枚、友だちへあげたかも知れない。

　その後も、二つの名刺は浅草の私の家の、私の机の引出しの奥深くしまい込まれていたが、太平洋戦争の東京空襲で灰となった。

某月某日

今日は、昼近くなって目ざめたが、いつもは、すぐに書斎へ入って来て掃除をはじめる家内の姿が家に見えなかった。

手つだいに来ている姪《めい》が、

「叔母さんは、いつも餌《えさ》をやっている猫をつかまえに行きましたよ」

近所に「M子ちゃん」という婦人がいて、私の家と同じように猫を飼っている。M子ちゃんといっても、中年の婦人で、子供たちは、みんな嫁いでいるのだが、むかしから同じ町内に住み暮しているので、いまも、この婦人が若かったころの名でよぶのだ。

M子ちゃんと家内は、近くのアパートの駐車場の片隅にいる四匹の野良猫へ、毎日、交替で餌をあたえていた。

猫好きの女たちは、猫を単なる動物とは見ない。猫は人間の生活にもっとも密着している動物であるが、猫ぎらいの人にとっては、嫌悪以外の何物でもないだろう。それが当然である。

自分の家に飼猫がいて、せまい家では、その上に飼猫を増やすわけにはいかないが、

大きな庭と邸宅に住んでいるなら、何匹でも野良猫を収容してしまうだろう。作家の故大佛次郎氏がそうだった。一時は三十匹もいたそうである。

ところで……。

近くのアパートの駐車場にいる猫について、アパートの持ち主から文句が出た。自動車のボンネットを泥足で汚して困るというのだ。

それに、アパートの部屋へ入って来て、幼い子供たちに害をあたえるようなことがあっては、尚更に困るという。警戒心の強い野良猫は決して、知らぬ家の中へ入ったりはしないが、餌をあたえている関係で、家内とM子ちゃんのところへ文句がきたのだ。

現代は、重箱の隅を突つくように、せせ

こましく、うるさい世の中になってきた。先ごろの新聞にも、例の〔嫌煙運動〕の連中が、宮内庁へ「国民の健康と幸福を祈念しておられる天皇陛下のお立場から、恩賜《おんし》の煙草制度を考え直して下さい」と、申し入れたそうな。

宮内庁も当惑したろう。あるいは問題にしなかったかも知れない。そうあるべきだ。この人たちは煙草の害のみを主張し、益を知らない……と、私が、こう書いただけでも、この一文を読んだ〔嫌煙運動〕の人びとの中には、私を叱りつける手紙をよこす人がいるかも知れない。ちかごろは、私たちの書いた文章について、いちいち咎《とが》めだてをしたり、叱ったり、たしなめたりする投書が多くなってきて、うっかり物も書けない。

姪がつくったオムライスを食べ、コーヒーをのんでいると、ようやく、M子ちゃんと家内が帰って来た。

「どうした?」

「やっと二匹だけ見つけて、獣医のTさんにもって行ってもらいました」

と、いつになく、家内は昂奮して、

「野良猫の少しぐらい、いたほうがおもしろいのにねえ、M子ちゃん」

「そうよ。ほんとにそうよ」

「それで、獣医さんは、捕まえた猫をどうするのだ?」

「わかりません。尋《き》かないことにしました。尋いたら、可哀相だから……」

夜、編集者の若い女性が来たので、このはなしをしたら、彼女は深くうなずき、

「私なんか、もう三日も、お風呂へ入ってません」

と、いう。

「どうして?」

「夜遅く、お風呂のお湯や水を出したりすると、アパートの人たちに叱られるんです。でも、仕事が遅くなったときなんか、お風呂へ入りたいですよねえ。そっと、水を出したりして、洗濯するのにも、いちいち気をつかっているんですけど、それでも大変なんですよ」

ヘア・トニック

銀座の街頭や食堂では、よく旧知の人びとにめぐり合う。

先日も、東和の第二試写室で〔海辺のポーリーヌ〕という、とてもおもしろいフランス映画を観《み》て、よい気分で、Tで天丼を食べていると、

「しばらくです」

私に声をかけ、向うから近寄って来た七十前後の老人を見て、咄嗟《とっさ》にはわからなかったが数秒後におもい出した。

この人は戦前、日本橋の理髪店ではたらいていたMさんである。

最後に別れてから、約四十年ぶりに出合ったことになる。

「この顔、おもい出しましたか？」

「Mさんでしょ。それにしても、なつかしいなあ」

「まったく……」

Mさんは、山形の出身で、むかし、私の頭を、この人にまかせていたのである。

Mさんの頭は、茹《う》で卵のように禿《は》げあがり、ピカピカに光っている。それが、いかに

も健康そうだった。

　Mさんは「よござんすか」と私にいい、私の前へ席を移して来た。

　この人は私の小説を愛読してくれていて、たまさか、雑誌などにのる私の写真を見ていたから、

「すぐに、わかりました。だけど……」

　いいさして、彼は凝《じっ》と私の顔を見つめながら、

「おぼえてますか。むかし、私がいったことを……」

「ええ、ちゃんとおぼえている」

「実行なすったのですね？」

「そのとおり」

「ちょっと失礼」

　立ちあがったMさんは、手をのばして私の髪にふれるや、

「ほら、むかし、私がいったとおりだ。こんなに、やわらかい毛になってしまった」

「だけど、もう、スダレみたいになっちまった」

「だけど、これだけ、保《も》つとは、おもいませんでした」

　若いころの、私の髪の毛をととのえながらMさんは、こういった。

「あなたは、三十をすぎるころには丸《まる》ッ禿《ぱげ》になっちまいますよ。こんなに強《こわ》い毛、はじめて見た」

「いやだね。どうしたらいい？」

「いまのうちから、毎日、欠かさず、ヘア・トニックをふりかけて、丹念にマッサージをする。これよりほかに方法はありません」

　私も若かったから、さっそくに彼の助言

を用いて、ヘア・トニックとマッサージにはげんだのである。

戦中、戦後はヘア・トニックどころではなかったが、いまは、前に使っていたアメリカ製の〔スマドレ〕という老舗《しにせ》のヘア・トニックが再び手に入るようになったので、毎日、これを頭髪にふりかけ、マッサージをするのが習慣になってしまっている。いまの私は頭が禿げようが髪が白くなろうが、どうでもいい年齢となってしまったけれども、習慣というものは恐ろしく、日々、ヘア・トニックを手にするたびに、Mさんの若かりしころの顔と声をおもい出すのだ。

「いやあ、大したものです。実際に、こうして見て、こんなに、まだ残っているとはおもわなかった。なんでも、長くつづけることが大事ですなあ」

「おかげさまで……ところでMさん。あんたはまた、見事な頭になったねえ」

「私は、床屋だったくせに、ヘア・トニックの匂いが大きらいだったんです。戦後は別の商売をしていたんですよ」

殺陣

最近、講談社から出た〔歌舞伎のタテ〕は、歌舞伎のタテ師・坂東八重之助・郡司正勝共編によるもので、実に立派な一巻となった。

〔タテ〕は、いわゆる〔立ちまわり〕のことで、いまは〔殺陣《たて》〕の名称でよぶことが多くなった。歌舞伎の殺陣は、申すまでもなく、長い長い伝統が積み重なったもので、これを伝え、さらに創意を加えて発展せしめてきた〔タテ師〕の存在は、八重之助さんによって、一躍、世に知られることになった。

そのいきさつをもふくめて、八重之助さんが語る、亡き六世・尾上菊五郎の風貌《ふうぼう》は、これまでになく新鮮で、いままでに、私が読んだり聞いたりした六代目の面影がさらにハッキリすると共に、思いもかけなかった名優の一面が浮かびあがってくる。歌舞伎の諸優による豊富な写真は何度見ても、見飽きなかった。

私は、わずかではあるけれど、歌舞伎の人たちと仕事を共にしたが、菊五郎劇団が多かったため、タテは、ほとんど八重之助さんにつけてもらった。

芝居の殺陣には、先ず、何よりも〔美〕がなくてはいけない。

観客は、殺人の現場を観《み》に来るのではない。ゆえに、凄愴《せいそう》、悲壮の中にも〔美〕があらわれていなければならぬ。

それが〔タテ師〕の工夫であり、俳優の〔芸〕だ。

たとえば、歌舞伎以外の、私が長らく仕事をして来た新国劇の殺陣でも、それは同様だった。

むかしの新国劇には、宮本曠二朗《みやもとこうじろう》という殺陣師《たてし》がいて、私が書いた芝居の殺陣は、ほとんど、この人の手になるものだ。

宮本さんは殺陣師であるばかりでなく、全盛期の新国劇にとって、なくてはならぬ、うまい俳優でもあったから、彼がつける殺陣には、単に刀を抜いて斬り合うだけではない〔演技〕がふくまれている。

斬り合う人びとの性格、脚本上の立場、

脚本のテーマなど、そういうものを、しっかりのみこんでいてくれたから、あのように、すばらしい殺陣が生まれたのだろう。

いまは、新国劇も、年に一度ほどの公演しかないいし、宮本さんも、老いて引退してしまった。

最後に、宮本さんにたのんだ殺陣は、十年ほど前の帝劇で、加藤剛、中村又五郎、それに辰巳柳太郎を加え、私の〔剣客商売〕を上演したときだったろう。

私の芝居の殺陣は、いつも大がかりで、五分や十分ではすまない。二十分も三十分もつづけるときもあったから、宮本さんも大変だったろう。

いまは亡き先代の松本幸四郎（白鸚）が、テレビの〔鬼平犯科帳〕に引きつづいて、明治座で鬼平の〔狐火〕を上演したとき、連日の殺陣の稽古で、老いた宮本さんは疲れ果ててしまい、初日の、大詰の幕が開いたとき、舞台の袖で眠り込んでしまった。

そろそろ、立ちまわりの時間がせまってくる。彼は演技者として、幸四郎の鬼平へ斬りかからねばならぬ。

と、そこへ幸四郎さんがあらわれたので、宮本の書生が起こそうとするのを制して、

「まだ、早い。疲れているのだねえ。あれだけ熱心にやってくれたのだもの、もう少し、寝かしておいてあげなさい」

こういった高麗屋《こうらいや》の顔と声を、いまも私は忘れない。

職　業

私より少し年下の友人Wが、久しぶりに訪ねて来た。

Wは、ある会社の重役をつとめてい、晩婚だったが、一男一女をもうけた。

「上のが、今度、嫁に行くことになりました。ええ、ちょうど二十《はたち》です。まだ若すぎるとおもいましたが……」

「そんなことはない。むかしなら、子供の一人や二人いる年ごろだもの。ところで、S君は、その後、どうしている？」

「はあ。親の私がいうのもなんですが、一所懸命にやっているようです。手紙はよこしますが、めったに家へは帰って来ません」

そういったWは、何やら寂しそうだった。

S君というのは、今度、嫁入りをする彼の長女の弟で、彼の長男でもある。学校の成績もよく、父親のWとしては、大学を卒業させ、しかるべき会社へ就職をさせて……と、一人息子の将来を、たのしみにしていたにきまっている。

ところが去年、Wにとっては夢にも想わなかった事件が、突然に起った。

中学を卒業して高校へ入るはずだった長男が、この上、学校へは行きたくないと、いい出したのだ。

「それで、これから先、どうするつもりなんだ？」

おどろき、狼狽《ろうばい》したWが尋ねると、S少年は、京都へ行って、表具師《ひょうぐし》になるための修業をしたいと、いったのである。

「えっ……」

と、いったきり、W夫婦は顔を見合わせて、一瞬、言葉をうしなった。無口だが温順で、自分に逆らったこともない長男が、すでに、京都の修業先から「御両親が承知なら、いつ来てもかまわない」という手紙をもらっていたことにもおどろいた。

それから一年たって、S君は、きびしい修業に堪えているらしい。

「それにしても表具師とは、どこで、あの子は、そんなことを、おもいついたのでしょうか。いくら問いつめても、笑っているだけで、私たちが納得の行く返事をしてくれないんですよ」

と、これは、去年、Wが私のところへ相談に来たとき、あぐねきって洩らしたことだ。

人間と職業の関係については、いろいろ、興味ふかい実例があるけれど、たとえば、有名なフランスの画家モーリス・ユトリロなどもそうだ。ユトリロは、はじめ、画家になりたくてなったのではない。

ユトリロは子供のときから赤ブドウ酒に親しみ、少年時代には、もう軽いアルコール中毒にかかっていたそうな。

心配した母のシュザンヌ・ヴァラドン

(すぐれた女流画家でもあった)と、義父のムージス(後に離婚)は、

「ともかくも、この少年の興味を酒以外のものに向けさせなくてはなりません。たとえばどうですか、お母さん。あなたの絵具で絵を描かせてみては……」

という医師のすすめによって、ユトリロへ先ず画用紙と鉛筆をあたえたのだった。

「いやだ。ぼくは絵なんか大きらいだ。どうして、絵なんか描かなくちゃならないんだ」

ユトリロは母をののしり、容易に承知しなかった。

それを母親と義父が強引にすすめ、ついに、ユトリロ少年は、家から追い出されないため、そして、ときにはブドウ酒をひそかにのむ機会を得たいがために、絵を描きはじめたのである。

これで、ユトリロはフランスが誇る画家となるべき第一歩を、いやいやながら踏み出したわけだが、アル中のほうは、ひどくなる一方だった。

ユトリロと、その母

去年、フランスから帰国したときは、もう、パリへ行くこともないだろうとおもっていたが、近ごろ、ふとしたことから、モーリス・ユトリロの画集や伝記を見ているうち、また、パリを……とくに、モンマルトル一帯を、ゆっくりと見たくなってきた。

画家としては、ルノワールも大好きだが、ユトリロには何といっても、凄いドラマがある。

画家の伝記映画では、亡きジェラール・フィリップがモジリアニを演じた「モンパルナスの灯」や、ホセ・ファラーがロートレックに扮した「赤い風車」などがあったけれども、ユトリロを主人公にした映画は、まだ、ない。

すでに、前回でもふれておいたが、ユトリロの生母シュザンヌ・ヴァラドンは、生涯、ユトリロ出生の秘密を明かさなかった。シュザンヌ自身も私生児だが、彼女は、わが子モーリスのために、親しかったスペイン人のミゲル・ユトリロにたのみ、法律上の父親になってもらった。

「いや、ミゲルこそ、ユトリロの、ほんとうの父親なのだ」

という人もいる。私も、そんな気がしてならない。

　シュザンヌがデッサンしたミゲル・ユトリロの肖像を見ていると、そこにモーリス・ユトリロの顔が、どうしても重なってきてしまう。ジャーナリストだったというミゲルは絵も好きだったらしく、彼がデッサンしたシュザンヌ・ヴァラドンの肖像には相当の迫力がある。

　はじめはモデル女として、何人もの男をわたり歩きながら、いつしかシュザンヌは自分も絵筆をとるようになった。

　男と絵に熱中没頭し、わが子を少しもかえりみなかったシュザンヌだといわれているが、私は、それほどにひどい母親ではなかったようにおもう。ユトリロは、この母親を最後まで愛し、母親が死んだとき、そ

のショックで葬式にも出られなかったほどだ。

今日は、書庫を探しまわり、やっと、シュザンヌ・ヴァラドンの絵を見つけ出した。彼女の画集ではなく、息子のユトリロの画集の中に、いくつかの彼女の絵がのっていた。

ドガが「すばらしい」と、そのデッサンをほめたたえたシュザンヌの絵は、彼女が崇拝《すうはい》していたゴーギャンふうのものだが、その線の力強さは、ゴーギャンに劣らないだろう。シュザンヌ・ヴァラドンの絵には人物が多い。

シュザンヌは四十をこえてから、息子より年下の画家アンドレ・ユッテルと再婚したほどに情熱的な女だった。

小さいころから祖母に育てられたユトリ

ロが、神経質で夜もよく眠らないものだから、祖母はスープにワインをまぜて、のませたりした。

これが、ユトリロのアルコール中毒のはじまりというわけだ。

さすがのシュザンヌ・ヴァラドンも、自分が老いて病気に苦しむようになると、すでに中年をすぎた息子のことが心配になり、ある銀行家の未亡人リュシー・ヴァロールに「どうか、息子と結婚してやってくれ」と、たのむようになる。当時のユトリロは、名声も地位も得て、絵の値段も上昇するばかりとなっていたが、

「モーリスは、五十になっても、まだ子供だわ。恐るべき子供なのよ」

と、母シュザンヌが評したように、ユトリロは金に無頓着《むとんじやく》だった。彼は、酒さえあればよかったのである。

ユトリロと結婚したリュシーは、新郎より十二も年上の六十三歳だった。この結婚も、なかなかにおもしろい。

さて、ユトリロを映画にしたら、彼を演じる役者は、いま、だれがよいだろう。私はイタリアの俳優ジャンカルロ・ジャンニーニをおいて、ほかにはないとおもう。

某月某日

朝から快晴。

今日は、黒澤明監督の新作〔乱〕の試写があるので、期待で胸がわくわく、わくしている。先日の日劇における朝と夜におこなわれた試写は大きな反響をよんだそうだが、私は東宝の試写室で観た。

トップ・シーンの巻狩りにつづいて、高原の幕屋の内で、一文字秀虎と太郎、次郎、三郎の三子が、家来たちと、隣国の領主（藤巻と綾部）をふくめ、酒宴がはじまる。

その映像は、さすがに見事なものだが、やがて、仲代達矢扮する一文字秀虎が引退を声明し、三本の矢をわたし、三人の子の協力をもとめる。

ここに至って、三子の三郎が昂奮して異議をとなえ、脚本の「藤巻と綾部、郎党達、親子君臣の相争う姿を、言葉をはさむ術《すべ》もなく憮然と見つめている」というシーンになる。

先ず、ここで私は気がぬけてしまった。隣国の、しかも、かつては敵対した領主たちの前で、また家来たちの前で、身内の争いを見せる戦国大名がいるだろうか。

「天晴れ千軍万馬の面構え、まさに大悪尉《あくじょう》の面《おもて》の如し」と脚本にある一文字秀虎という人物には、とても見えぬ。現代でも、田中元首相の病状さえ、周囲の人びとは隠しぬこうとしているではないか。

すばらしい映像は、尚もつづく。映像はすばらしいが、物語はつまらなくなるばかりだ。

一文字の城には濠《ほり》がない。たとえ山城にしても、火矢が命中し、騎馬隊が突入するほどなのだから、濠がなくては、たちまちに攻め落されるも当然のことだ。

やがて、長男の太郎は謀殺される。未亡人となった太郎の奥方は次郎に迫り、押し倒し、脇差で義弟の喉の皮を切る。驚愕した次郎を兄嫁が抱きしめ、ここで両人は肉体関係をむすぶのだが、男の躰は女のそれ

とはちがう。以前から兄嫁が好きだったというなら、はなしもわかるが、いきなり自分を押し倒し、喉の皮まで切って脅《おど》しにかかった恐ろしい女を、すぐに抱けるものか、どうか……。もし、それが可能なら、次郎という男がそのように描けていなくてはなるまい。総じて、この映画に出て来る人物は魅力に乏しい。

一文字秀虎の重臣ともあろう人物が、身一つで、家族もなく、供も家来もなく、追放されるのも奇妙だが、現代日本は、むかしのことをほとんど忘れてしまっているから、これでも通用するのであろうか。

クライマックスの戦闘シーンも、子供の戦争遊びになってしまった。

大金を投じて、いかにも物物しげに見えるが、愚かな大将（次郎）の、愚かな戦いぶりを見ては、これなら、だれと戦っても負けるにきまっているからだ。

その他、いろいろと、疑問を感じつつ、私は勉強させてもらうつもりで、この映画を観終えた。ある人は、この映画について、リア王を下敷きにした寓話《ぐうわ》だという。それならば、外国人には評判がよいかも知れない。

きわだってよかったのは、衣裳と鬘《かつら》である。ちかごろは、これほど見事な〔かつら〕を見ることがなくなった。

それと、三郎の家来・平山丹後を演じた油井昌由樹の進境だった。油井は黒澤の前作〔影武者〕で徳川家康を演じた人だが、プロの俳優ではない。

今回は、よほどに能や狂言の発声を研究したとみえて、そのセリフまわしが実にすばらしかった。

初夏の或る日に

今日も、よい天気だ。朝、九時には書斎のベッドから起きてしまう。この春の入院以来、眠りが短くなった所為《せい》かも知れない。

早く起きると、家族のほうにも影響がある。私の起床に合わせて、書斎の掃除をしたり、食事の仕度をしなくてはならないからだ。

先ず、冷たいカルピスをコップ半分ほどのむ。そしてタバコとなるわけだが、入院してからは、このときのタバコをのまないようになった。

少くとも、食事の後まではのまない。

洗面所へ行き、ヒゲを剃り、顔を洗い、歯を磨く。実に、たまらなく面倒なのだが、しないわけにもいかない。人間は少くとも、毎日、これだけの手入れをしなくてはならないのだ。洗面所から出ると書斎の掃除が終っている。

カルピスの残り半分で紅花油をスプーンに一杯半。ハトムギ酵素を同じく一杯半、のむ。

タバコへ手を伸ばしかけるが我慢をする。そのかわりチューインガムを口中へ入れる。

新聞を読む。

　第一食は午前十時。手つだいに来ている姪が、嫁ぎ先の千葉から買って来た焼き蛤《はまぐり》に豆腐の味噌汁、飯一杯。これでもう、私は夕飯まで何も食べない。

　終って、姪がコーヒーをもって来る。このとき、一日の第一本目のタバコをのむ。このんびりしたところで、姪が血圧を計りに、またあらわれる。

「ちょっと高いな」

「でも、下が大丈夫だから……」

「ふうむ……」

　陽気が夏めいてきたら、私の血圧も温度と共に上昇気味となった。

　午後、S社のS君が来て、近く始まる週刊誌の連載小説・第一回分を持って行く。

　春に病気をして以来、すっかり怠け癖が

ついてしまったので、仕事は、さっぱりすすまなかった。こんな経験は、はじめてのことだったが、第一回分をわたしてしまうと、さすがに、尻へ火がついたような気分となり、S君が帰ると、すぐさま、机に向った。

一枚、二枚と書きはじめたところで、電話が鳴る。

この前の〔某月某日〕で、例の〔嫌煙運動〕について書いたが、それを読んだ読者からの電話だった。

「私は何のなにがしですが……」

と、名乗り、私の一文が〔嫌煙運動〕をよく理解していないと、咎《とが》め立てをしてきた。私は黙って聞いていたが、相手の言葉が絶えたところで、

「あなたは、自動車の排気ガスの公害につ

いて、何とおもわれますか？」

問いかけてみた。すると相手は、

「えっ……」

といったきり、黙ってしまったではないか。

「もしもし、あなたは、自家用車をおもちですか？」

黙っている。あきらかに、この人はマイ・カーの所有者なのだ。

「もしもし……」

プツンと、電話が切れた。

世の中のことは、ほとんどがこれである。

夕飯までに六枚書けて、いくらか安心する。

夕飯は焼き蛤、半ぺん、タタミイワシで冷酒一合をのみ、あとは小さな鰈《かれい》を焼いて御飯一杯。最近は、あまり肉を欲しいとおもわなくなった。さらに肉を食べぬようにしたい。私の人生は、いよいよ、つまらないものとなりつつある。

夕飯後、一睡してから小説四枚、随筆三枚を書く。

今夜も夜半にはベッドへ入れそうだ。

〔ファニーとアレクサンデル〕の一日

このたび、東和商事へ入ったイングマール・ベルイマン監督の〔ファニーとアレクサンデル〕は五時間におよぶ大作で、ベルイマンは向後《こうご》、映画は撮らないと宣言したそうな。

その試写の前日、夕暮れの銀座を歩きながら、

(明日の試写は、どうしようか?)

おもい迷った。

ベルイマンの映画は観たいが、五時間も椅子にしばりつけられていることを想うと、うんざりする。

ベルイマンの映画は、数年前に、まだ生きていたイングリッド・バーグマンの主演で〔秋のソナタ〕という、一時間半の、ベルイマンにしてはコンパクトな小品をつくり、とてもよかったが、そのつぎにテレビ映画の〔ある結婚の風景〕というのが来て、これは二時間半か三時間だったが、その長時間を私はもてあまし、辟易《へきえき》したことがある。

食事をすまし、また通りを歩きはじめたとき、私は五時間という映写時間に負けて、

（明日は、やめよう）

と、おもった。

そのとき、知り合いのＹさんが向うからやって来た。Ｙさんは映画関係の仕事をしていて、たしか〔ファニーと……〕を観ているはずである。

「Ｙさん。ちょっと、コーヒーでものみませんか」

と、私はさそった。

「ファニーとアレクサンデル、どうです？」

「すばらしい。凄いですよ」

即座に、Ｙさんはこたえた。

このＹさんの言葉で、私は明日の試写へ行く決心をした。

Ｙさんと別れてから、私は〔Ｎ〕のラーメンと餃子《ぎょうざ》の折を買いもとめて帰宅した。

試写へ行くとなれば、明日は早い。こうしたとき、私はコーヒーをのむだけで家を出てしまうが、明日は、午後十二時半に試写会場のAホールへ入ったら、夕方の六時半まで出られない。いかに私でも、コーヒー一杯では腹がもたない。

この夜は、あまり仕事をせず、軽い睡眠薬をのんで眠る。

翌朝、九時半に起きた。私は起きてすぐに外へ飛び出せない。たとえコーヒー一杯でも家を出るまでに二時間はほしい。あわて者で気が短いくせに外出前の時間だけは、できるかぎりたっぷりとほしい。

起きて、三十分してから〔N〕のラーメンをつくらせ、餃子をフライパンで焼かせる。

いつもなら、朝は食べられないのに、久

しぶりのラーメンと餃子だった所為《せい》か、とてもうまかった。これなら、夕方の六時すぎまで大丈夫だろう。

Aホールへ入り、エレベーターに近い席に坐る。

いよいよ、始まった。

「ファニーとアレクサンデル」は、スウェーデンの地方都市ウプサラの劇場主でもあり俳優でもあるオスカル・エクダール一家の三、四年間の出来事を描いた映画だが、観ていると「あっ……」という間に前半の二時間五十分がすぎてしまった。十分間の休憩である。

そして、後半の二時間は、ヴェルゲルス主教という偽善者があらわれ、さらに迫力を増す。多勢の俳優がいずれもすばらしく、ベルイマンの演出は冴えわたって、人間の愛と性、偽悪と善美を縦横に描きつくす。

外へ出ると、初夏の夕闇があたたかかった。

紙・石鹼・水

子供のころの私にとって、紙は何よりも貴重なものだった。絵を描くことが好きで、クレヨンと画用紙があれば何もいらなかった。正月がきて、諸方から御年玉をもらうと、まっさきに画用紙を買いに行った。

いつもは二銭か五銭しか買えない画用紙を五十銭も一円も買うときの気分は何ともいえずにゆたかなものだった。

我家の中に、少しでも白い紙を見たときは、必ず取って置いて、絵を描いた。

その所為《せい》か、いまも紙類だけは大事にする。雑誌が送られて来るときの封筒も、なかなかに捨て切れない。

その封筒がきれいなときは、こちらからわたす原稿を入れて、もう一度使ったりする。

いまは私の担当ではないが、そうした私の癖を知っていてくれる編集者がいて、彼もまた、私の原稿が入った封筒へ本や手紙を入れ、届けて来る。その封筒を、また私が使う……というわけで、一つの封筒がくたくたになるまで二人が使ったこともある。いまどき、こんなはなしをしたら、笑われるだけだろう。原稿用紙も、ほとんどむだに使わ

ない。

また、私は石鹸も大事に使う。

石鹸の一片が小指の先ほどになっても、まだ工夫をして使う。

これは、あきらかに、太平洋戦争の前後、石鹸が欠乏して困ったときの生活を体験しているからだろう。

ホテルへ泊ったときなど、一日に一個ずつ、バス・ルームへ届く石鹸も使いきれない。

洗濯をしても尚、あまってしまうほどだ。

そのくせ、水だけはぜいたくに使ってしまう。

これも、私が子供のころの東京の水道が豊富で、しかも水道料が安かったからだろう。その安い水道料金が払えず、ときどき、水道局の人が来て水道をとめたこともある

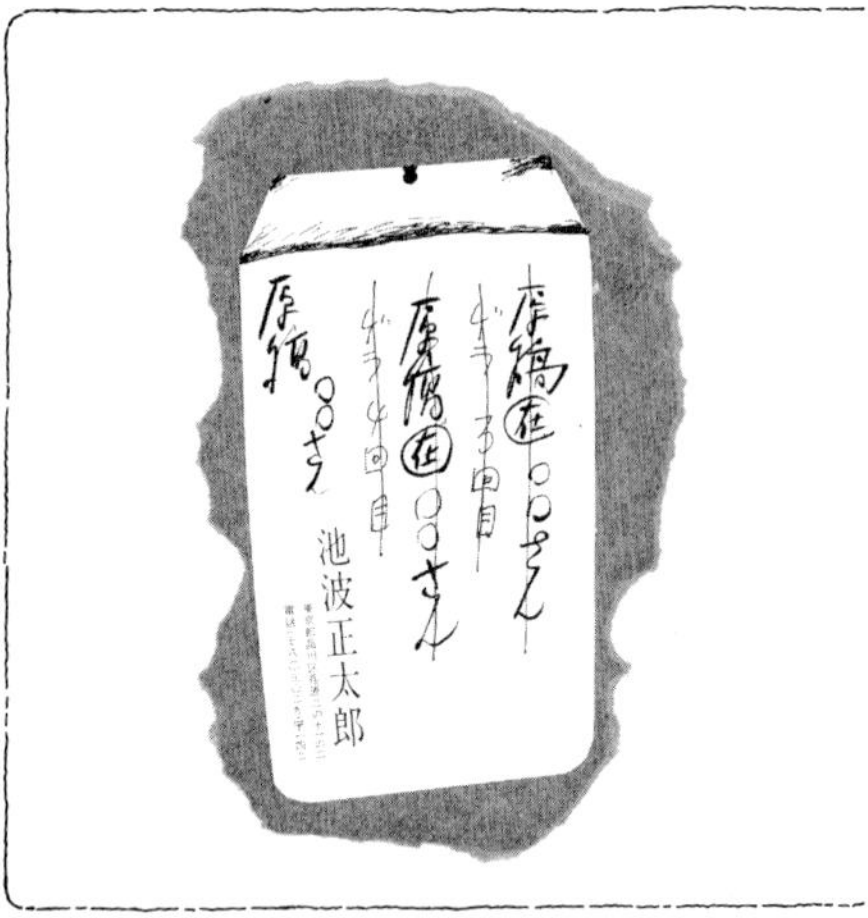

が、母も祖母も水に関しては、いくら私が使っても文句はいわなかった。

いまのところ、東京は水に困っていないが、水の質は、むかしとくらべものにならない。

むかしの東京は高層建築もなく、人口も少なかった。私は夏になって、おもいきり、うまい水をのむのが大好きだった。

いまは水に困らなくても、その水の臭気が堪えがたく、のむ水は買う始末となった。

五十をすぎたころ、私は、ようやくに、自分が水をぜいたくに使いすぎると気づいた。

そこで、いまはいろいろに考えて、つつましく水を使うようにしているが、子供のころから躰にしみついてしまった癖は恐ろしく、なかなかうまく水が使えない。

小さな家をはじめて建てたときも、それから二度ほど改築したときも、

(何とかして、井戸を掘りたい)

そうおもったが、いまだに果せない。

恐らく、もうむりだろう。

ところで……。

この小文の連載も今回で終りとなる。四十回も読んでいただいて感謝しているが、この間に、仕事を終えて、夜明けにのむブランデーは、いまや夜半にのむことになってしまった。量も減った。

いまの私は夜半までに、一日の仕事を終え、午前一時にはベッドへ入る。

それもこれも、この春、気管支炎で入院して以来、少しずつ、生活が変ってきたからだった。

解説――池波的別天地

池内　紀

上に絵、下に小さな文。幼いころの絵日記に似ている。絵の好きな少年なら表紙にカットをつけ、少し気どった字体で「正チャンの絵日記」などとタイトルをつけたのではあるまいか。

絵日記はたいてい、はじめは尖らしたエンピツで丁寧に書いているが、そのうち字がくずれてきて、おしまいはのたくったような字になった。ここでも、ほぼ事情は同じ。「私は、新しい仕事の原稿を書き出すときは、どちらかというと細字用の硬質のペンにする」

どの字も楷書にちかい書き方だが、気分がのってくると太い字の書ける万年筆になって「崩し字」が多くなった。

絵日記を書いていると、早くすませて遊びに行きたくなったものだが、「正チャンの絵日記」でもそうである。

「つまるところは、私の場合、原稿を早目早目に仕あげておき、自分だけの時間をつくり……」

早く好きなことをしたくてたまらない。

幼いころの絵日記の場合、何も書くことを思いつかないとき、食べたものをあげていったりしたものだ。「おひるにあんころもちをたべました。あんがあまくておいしかったです」といったぐあいだ。

(朝) コーヒー、ベーコン・トースト。
(昼) マカロニ・グラタン（ハムとタマネギ）とパン一片。

こういうのが顔を出す日は、さしあたり書くことが思い浮かばなかったのではなかろうか。

夏休みの絵日記は、七月後半から八月いっぱいの四十日というのが多かったが、池波正太郎はそれに合わせたように連載四十回で打ち切りにした。そしてたしかに少年の心でつづられたが、すでに頭に霜をおき、ヒゲだって白いのだ。そこで老少年は「夏去りぬ」で書きはじめ、タイトルを『夜明けのブランデー』にした。

きれいな色の飲み物であって、幼いころ親の留守にこっそりなめてみた人がいるかもしれない。あまりの苦さに口をひんまげ、ペッペッと流しに吐き出した。そのことは決して絵日記には書かなかった。

「帽子」のところに、ハンティングとソフトの帽子が描きそえてある。とたんに雑誌のグラビアなどで見かけた池波正太郎の姿が甦ってくるだろう。ハンティングはおなじみの型だったが、ソフト帽のツバがとてもせまかった。そのため帽子をかぶったというよりも、チョコンと頭にのせている感じがしたものだが、ある人につくってもらった特製の帽子で、ツバのせまいのが気に入っていたらしい。

「うっかりと煙草の火で小さな焦げあとをつくってしまったが、修理をして愛用している」

頭にのせたり、帽子掛けに掛けるものと煙草とが、どうして結びついて焼け焦げができるのか？　これは煙草のみの生理を知っていないとわからない。

店に入り、腰を下ろすと帽子をとって、まずイップクとなる。火をつけ、フーと煙を吐き、指にはさみ——煙草をのんでいるとき帽子は眼中にないのである。火口がわきに置いた帽子にふれ、異臭がまじりこんでハタと気がつく。帽子が帽子掛けにうつるのは、そのあとのこと。

それはさておき……。

愛用の帽子と対《つい》になるようにして、浅草寺の卵売りが描いてある。「地玉三ツ十二銭」とあるから戦前のこと。卵売りのじいさんが煙草をくわえて立派なソフトをかぶっている。

べつにおシャレな卵売りというのではないのである。かつて男はみんな帽子をかぶっていた。明治の紳士たちは山高帽をかぶり、儀式になるとシルクハットが並んでいた。大正のシャレ者はベレー帽をやけにななめにのせていた。昭和初期の浅草風景には鳥打帽がつきものだった。北原白秋はソフトの帽子に降りかかる雪を詩にした。軍人はむろん軍帽をかぶっていた。

いま、ある年代以上の人は、きっと帽子にさまざまな思い出がある。小学のときは学童帽、家では野球帽だった。中学のときの帽子は、お尻にこすりつけてわざとよごした。夏には同じ帽子にゴムひもつきの白い覆いをつけた。高校の帽子は白線入りだった。その白線が黄ばみ、やがて赤茶けたころ卒業した。大学に入ると、いの一番に角帽を買って、ポマードでテカテカに磨きあげた。あまりかぶることはなく、質に入れて流してしまった不届き者もいた。

『夜明けのブランデー』は何げない日常をつづった画文集である。まさに夜明けにブランデーをチビチビやるときのように、あれこれのことが入れかわり立ちかわりあらわれ、また消えていく。著者自身が「記憶というものは、まさに、ふしぎなもので」と断って述べている。「脳裡の何処かに潜《ひそ》んでいた記憶が、何かの連想によって引き出されるか、そのときの、肉体の生理、緊張、健康状態などによって呼び起されるのだろう」。

きわめて個人的な日記なのに、どうしてそれがこんなにたのしいのか？　この点でも幼いころの絵日記と同じであって、一つ一つに小さな夢がこめられているからだ。おのずとそれは小さな物語にひろがってくる。帽子のくだりでは、銀座・壱番館洋品店の会長・渡辺實さんだった。ふと交わしたやりとりが、ある日、突然、「すばらしいホームスパンのハンティング」になって届けられた。

その絵に描きとめられた帽子は、帽子であって帽子にとどまらない。むかし気質な律儀さ、日本人の大半が失ってしまった徳性の絵姿でもある。池波エッセイがいつも趣き深く、そしてピタリと決まった印象を与えるのは、人やモノを語っていても、たえず人やモノを超えていくからである。

それにもう一つ。

「ところで……」

「それはさておき……」

鬼平シリーズの愛読者ならよく知っている。ひょいとはさまれ、池波文体におなじみだ。微妙なレトリックの効用をおびている。切りつめられた枠組の中に、もう一つ小さな枠組がはめこまれ、物語がゆるりと動き出す。書の世界では運筆というが、ハネる、おさえる、とめる——そのなかで余白との配分が定まり、池波的別天地ができていく。

小さな文なのに大きく見え、よく似たことが誰にでもあるはずなのに、ひとり池波正太郎の別天地と言うしかない。仕事にひと区切りをつけてウィスキーなりブランデーに向かうとき、誰もが「ところで」とグラスに手をのばし、「それはさておき」と香りのいいのを口に運んでいるものだ。

（ドイツ文学者・エッセイスト）

単行本　昭和60年11月文藝春秋刊
本書は平成元年2月に刊行された文春文庫の新装版です。

文春文庫

夜《よ》明《あ》けのブランデー

定価はカバーに表示してあります

2010年4月10日　新装版第1刷
2023年2月15日　　　　第3刷

著　者　池《いけ》波《なみ》正《しよう》太《た》郎《ろう》
発行者　大沼貴之
発行所　株式会社 文藝春秋

東京都千代田区紀尾井町3-23　〒102-8008
TEL 03・3265・1211(代)
文藝春秋ホームページ　http://www.bunshun.co.jp

落丁、乱丁本は、お手数ですが小社製作部宛お送り下さい。送料小社負担でお取替致します。

印刷・凸版印刷　製本・加藤製本　Printed in Japan
ISBN978-4-16-714291-9